GOETHE IN LEIPZIG

oder

Goethes erste Liebe

von

Helmar Kloss

ISBN 978-3-748128946

Herstellung und Verlag: BoD- Books on Demand, Norderstedt

"Jeder ist seines Glückes Schmied," sagt der Volksmund.

Vom Unglück lässt sich leider oft dasselbe sagen.

Vorwort

Hartnäckig hält sich die Mär, dass Charlotte Buff Goethes erste große Liebe und das Modell fur Lotte in "Die Leiden des jungen Werther" gewesen sei, und was Äußerlichkeiten und Lebensumstände betrifft, ist sie wohl tatsächlich das wichtigste Modell für Werthers Lotte gewesen. Doch die Gefühle, die Werther Lotte entgegenbringt, entsprechen nicht den Gefühlen, die Goethe für Charlotte Buff gehegt hat. Der gefühls- und erlebnismäßige Hintergrund für die Darstellung im "Werther" beruht auf Ereignissen, die während Goethes Aufenthalt in Leipzig in der Zeit zwischen April 1766 und März 1768 stattgefunden haben, während der er eine Beziehung zu Käthchen Schönkopf hatte, die der junge Goethe in Leipzig kennen- und liebengelernt hat. Wenn es daher in "Dichtung und Wahrheit", im dreizehnten Buch, heißt: "Die erste Liebe, sagt man mit Recht, sei die einzige: denn in der zweiten und durch die zweite geht schon der höchste Sinn der Liebe verloren. Der Begriff des Ewigen und Unendlichen, der sie eigentlich hebt und trägt, ist zerstört, sie erscheint vergänglich wie alles Wiederkehrende" ist nicht Charlotte Buff gemeint, sondern Käthchen Schönkopf. Dieses Buch soll das anhand von Dokumenten aufzeigen, die der psychologisch geschulte Autor einfuhlend deutet.

Inhaltsverzeichnis

1. Einleitung

Ich habe mich mit Goethes Persönlichkeit beschäftigt, um herauszu-finden, weswegen er als junger Mensch in Leipzig eine Krise hatte, die lebenslang nachgewirkt hat; was mit tiefenpsychologisch geschulter Optik sowohl an seinem Leben als auch an seinem Werk abgelesen werden kann.

Wie ein Mensch im Leben zurechtkommt, hängt stark vom Einfluss ab, der von anderen Menschen ausgeht, insbesondere natürlich von den Eltern. Es entsprach den Wünschen des Vaters, dass der junge Goethe in Leipzig Jurisprudenz studiert hat, und nicht in Göttingen Altertums-wissenschaft, wie er selbst gewollt hätte. Der alte Goethe schreibt da-rüber: *Es ist ein frommer Wunsch aller Väter, das was ihnen selbst abgegangen, an den Söhnen realisiert zu sehen, so ungefähr als wenn man zum zweitenmal lebte und die Erfahrungen des ersten Lebenslaufes nun erst recht nutzen wollte.* Kurz darauf behauptet er: *Meinem Vater war sein eigener Lebensgang bis dahin ziemlich nach Wunsch gelungen; ich sollte denselben Weg gehen, aber bequemer und weiter.* Obwohl er offen lässt, was dem Vater *abgegangen* war, widerspricht das der an anderer Stelle zu findenden Aussage, dass dem *Vater [...] sein eigener Lebensgang bis dahin ziemlich nach Wunsch gelungen war.* Und wer sich mit Vater Goe-thes Lebensweg beschäftigt, hat auch keineswegs den Eindruck, dass ihm der *ziemlich nach Wunsch gelungen* war. Die Zwiespältigkeit in den Äußerungen über den Vater findet sich allenthalben. Offensichtlich hat Goethe dem Vater vorgeworfen, dass dieser ihn nicht seinen eigenen Weg hat gehen lassen. Folglich kam es immer wieder zu Abweichungen, Aufsässigkeiten oder sogar kleineren und größeren Rebellionen. Deren größte war Goethes Abgang nach Weimar. Eine etwas kleinere lag in dem Umstand, dass er in Leipzig nicht nur Student sein wollte, sondern auch Dichter.

Solche Rebellionen gegen ein bewundertes, aber zugleich konkurrent nachgeahmtes und bekämpftes Vorbild haben unausweichlich seelische 'Kosten' zur Folge. 'Bezahlt' hat der Sohn seinen Ungehorsam zumin-dest auf zweierlei Weise: Zum einen hatte er oft nicht immer bewusste, ihn aber ständig belastende Schuldgefühle, wenn er von den Verfügun-gen des Vaters abwich. Zum anderen blieb er lebenslang dem väterlichen

Vorbild in konkurrenter Weise verhaftet, denn sein Interesse an klassischer Bildung, an Sprachen, Italien, am Zeichnen, an Malerei, bildender Kunst und sogar für Jura, die Sammelleidenschaft und Ordnungsliebe, die Lust, sich zu verkleiden, die Idee für einen Roman mit fiktivem Briefpartner sowie seine Vorstellungen von den 'richtigen' Beziehungen zwischen Mann und Frau hat er vom Vater übernommen. Zwar hat der Sohn den Vater auf fast allen diesen Gebieten übertroffen - und das oft sehr weit - doch steckte hinter seinem Ehrgeiz, gleichgültig, auf welchen Gebieten, letztlich die in frühem Kindesalter vom Vater übernommene Antwort auf die Frage, die sich ihm durch das Verhalten der Mutter gestellt hatte: 'Was macht liebenswert?' Die kindlich-naive Antwort, die der kleine Goethe aufgrund seiner Beobachtungen in der Herkunftsfamilie auf diese Frage gab, aber auch später nicht korrigierte, lautete: Bildung und Wissen. Und das, was dem jungen Goethe in Leipzig widerfahren ist, beruht nicht zuletzt darauf, dass diese Antwort sich als falsch erwies. Vater Goethe wurde nicht seiner Bildung wegen geliebt. Er wurde respektiert, vielleicht auch gefürchtet, aber kaum geliebt. Und die Art und Weise, in der sich der junge Goethe aufgrund der aus dem Bildungsstreben resultierenden Vorstellungen um Frauen bemüht hat, war ungeeignet, diese von seiner Brauchbarkeit als Liebhaber oder Ehemann zu überzeugen.

Gemeinhin wird angenommen, dass Goethes erste Liebe mit dem Sommer zusammenhängt, den er 1772 in Wetzlar verbracht hat. Zumindest liegen die Personen und Örtlichkeiten, die er dort kennengelernt hat, dem Szenario des "Werther"-Romans zugrunde, den wahrscheinlich mehr Menschen kennen als Goethes Biographie. Aber auch in diesem Punkt hat Goethe die eher hässliche Wahrheit dichterischer Schönheit geopfert. Zwar dürfte Charlotte Buff das wichtigste Modell für Werthers Lotte gewesen sein, was Äußerlichkeiten, die Lebensumstände und das Umfeld betrifft, doch die Gefühle, die Werther für Lotte hegt, entsprechen nicht den Gefühlen, die Goethe für Charlotte Buff empfand. Der gefühls- und erlebnismäßige Hintergrund für den "Werther"-Roman beruht auf Ereignissen, die zwischen 1766 und 1769 in Leipzig stattgefunden haben, deren weibliche Protagonistin Käthchen Schönkopf hieß.

2. Goethes Briefe aus Leipzig

2.1 Briefe an Schwester und Freunde

Bei seiner Ankunft in Leipzig am 3. Oktober 1765 war der 16-jährige Goethe in Hochstimmung und scheint sich in der neuen Umgebung zunächst auch gut behauptet zu haben. Am 12.10. schrieb er an die Schwester: *Liebes Schwestergen,*

Es wäre unbillig wenn ich nicht auch an dich dencken wollte. id est *es wäre die größte Ungerechtigkeit die jemahls ein Student, seit der Zeit da Adams Kinder auf Universität gehen, begangen hätte; wenn ich an dich zu schreiben unterließe.*

Was würde der König von Holland sagen, wenn er mich in dieser Positur sehen sollte? Rief Herr von Bramarbas aus. Und ich hätte fast Lust auszurufen: Was würdest du sagen Schwestergen; wenn du mich, in meiner jetzigen Stube sehen solltest? Du würdest astonishd ausrufen: So ordentlich! so ordentlich Bruder! - da! - thue die Augen auf, und sieh. - Hier steht mein Bett! da meine Bücher! dort ein Tisch aufgeputzt wie deine Toilette nimmermehr seyn kann. Und dann - Aber - ja das ist was anders. Eben besinne ich mich. Ihr andern kleinen Mädgen könnt nicht so weit sehen, wie wir Poeten. Du must mir also glauben daß bey mir alles recht ordentl. aussiehet, und zwar auf Dichter Parole. Genug! Hier schick ich dir eine Meße. - Ich bedancke mich schön! - Gehorsamer Diener, sie sprechen davon nicht. - Küße Schmitelgen und Runckelgen von meinetwegen. Die lieben Kinder! denen 3 Madles von Stocküm mache das schönste Compliment von mir. Jfr Rincklef magst du gleichfalls grüßen. Sollte Mademoisel *Brevillier dich wieder kennen? So weit von Mädgen. Aber noch eins. Hier habe ich die Ehre keines zu kennen dem Himmel seye Danck!* Cane pejus et angue turpius.

Mit jungen schönen W— doch was geht das dich an. Fort! fort! fort! Gnug von Mädgen.

Denck eine Geschichte vom Hencker.! - Ha! Ha! Ha ! - lache ! - Herr Claus hat mir einen Brief an einen hiesigen Kaufmann mitgegeben! - Ich ging hin es zu bestellen. Ich fand den Mann und sein ganzes Haus ganz sittsam! - schwarz und weiß. die Weibs leute mit Stirnläppgen! so seitwärts schielerlich. Ach Schwestergen ich hätte bersten mögen. Einige Worte in

9

sanfter und demühtiger Stille gesprochen, fertigten mich ab. Ich ging zum
Tempel hinaus. Leb wohl.

Abgesehen von der übermütigen Ausgelassenheit interessiert uns an dem Brief vor allem zweierlei: Zum einen, dass er sich sowohl als Student wie als Dichter bezeichnet, zum zweiten, dass er - noch - kein Mädchen kennt, aber nach Mädchen Ausschau hält.

In einem Brief an Johann Jacob Riese vom 20.10. 1765 herrscht derselbe ausgelassene Ton vor: *Leipzig den 20 Ocbtr 1765*

Morgends um 6.

Riese, guten Tag!

d. 21. Abends um 5.

  Riese, guten Abend!

Gestern hatte ich mich kaum hingesezt um euch eine Stunde zu wiedmen, Als schnell ein Brief vom Horn kam und mich von meinem angefangenen Blate hinweg riß. Heute werde ich auch nicht länger bey euch bleiben. Ich geh in die Commöedie. Wir haben sie recht schön hier. Aber dennoch! Ich binn unschlüßig! Soll ich bey euch bleiben? Soll ich in die Commödie gehn? Ich weiß nicht! Geschwind! Ich will würfeln! Ja ich habe keine Würfel! Ich gehe! Lebt wohl! -

Doch halte! nein! jch will da bleiben. Morgen kann ich wieder nicht da muß ich ins Colleg, und besuchen und Abends zu Gaste. Da will ich also jetzt schreiben. Meldet mir was ihr für ein Leben lebt? Ob ihr manchmahl an mich denckt. Was ihr für Professor habt. & cetera *und zwar ein langes* & cetera.

Ich lebe hier, wie - wie - ich weiß selbst nicht recht wie. Doch so ohngefähr

So wie ein Vogel der auf einem Ast

Im schönsten Wald, sich, Freiheit ahtmend, wiegt,

Der ungestört die sanfte Lust genießt,

Mit seinen Fittigen von Baum zu Baum,

Von Busch auf Busch sich singend hinzuschwingen

Genug stellt euch ein Vögelein, auf einem grünen Aestelein in allen seinen Freuden für, so leb ich. [...] Ich mache hier große Figur! - Aber noch zur Zeit bin ich kein Stutzer. Ich werd es auch nicht. - Ich brauche Kunst um fleißig zu sein. In Gesellschaften, Concert, Comoedie, bey Gastereyen,

Abendessen, Spazierfahrten so viel es um diese Zeit angehet. Ha! das geht köstlich. Aber auch köstlich, kostspielig. Zum Hencker das fühlt mein Beutel. Halt! rettet! haltet auf! Siehst du sie nicht mehr fliegen? Da marschierten 2 Louisdor. Helft! da ging eine. Himel! schon wieder ein paar. Groschen die sind hier, wie Kreutzer bey euch draußen im Reiche. - Aber dennoch kann hie einer sehr wohlfeil leben. [...]

Das klingt recht unbeschwert. Doch die Freude über die neugewonnene Freiheit scheint bald verflogen zu sein. Ein Sechzehnjähriger, der erstmals für längere Zeit von zuhause fort ist, hat natürlich Probleme mit dem Alleinsein, mit der ungewohnten Umgebung und dem anderen Menschenschlag. Und die Formulierung: *Ich mache hier große Figur!* beruhte auf einem Mißverständnis, wie wir gleich aus "Dichtung und Wahrheit" erfahren werden, wo es um das Thema Kleidung geht. Es war wohl eher so, dass sich die Leipziger köstlich über den seltsam gekleideten Vogel aus Frankfurt und seinen Dialekt amüsiert haben. Auch in dem gerade zitierten Brief gibt es Anzeichen dafür, daß sich der Schreiber einsam fühlte. *Heute werde ich nicht länger bey euch bleiben*, heißt es z.B., und im folgenden, 10 Tage später datierten Brief, schreibt er noch deutlicher: *Die Versicherung daß ihr mich liebt, und daß euch meine Entfernung leid ist, würde mir mehr Zufriedenheit erweckt haben; wenn sie nicht in einem so fremden Tone geschrieben wäre. S i e! S i e! das lautet meinen Ohren so unerträglich, zumahl von meinen liebsten Freunden, daß ich es nicht sagen kann.*

Beide Formulierungen lassen erkennen, dass er über das Briefeschreiben versucht hat, sich die ihm fehlende Geselligkeit mit den alten Freunden in der Heimat zu ersetzen. Im übrigen verwendet er des öfteren "du" und "Sie" durcheinander, so z.B. in den Briefen an seinen Freund Behrisch.

Die Probleme, die er als junger Mensch in Leipzig gehabt hat, schildert Goethe auch in "Dichtung und Wahrheit", und trotz des langen zeitlichen Abstandes werden diejenigen Empfindungen deutlich, die er damals gehegt hat, sofern sie nicht seiner Zensur anheimfallen. Zum Teil handelt es sich um Folgen des väterlichen Einflusses und der väterlichen Erziehung, die in Leipzig nachwirken. So stellt der junge Mann z.B. an der Universität - neben anderen Mängeln dieser Einrichtung - fest, dass ihm weder philosophische noch juristische Kollegien viel zu bieten haben, [...] *denn ich wußte gerade schon so viel, als uns der Lehrer zu überliefern für gut fand.* Der wohlmeinende Vater hatte ihn bereits alles gelehrt. *Mein erst hartnäckiger Fleiß im Nachschreiben wurde nach und nach gelähmt, indem ich es höchst langweilig fand, dasjenige nochmals aufzuzeichnen, was ich bei meinem Vater [...] oft genug wiederholt hatte, um es für immer im Gedächtnis zu behalten.*

Noch verheerender wirken sich die Folgen einer anderen Eigenheit des Vaters aus: *Mein Vater, dem nichts so sehr verhaßt war, als wenn etwas vergeblich geschah, wenn jemand seine Zeit nicht zu brauchen wußte, oder sie zu benutzen keine Gelegenheit fand, trieb seine Ökonomie mit Zeit und Kräften so weit, daß ihm nichts mehr Vergnügen machte, als zwei Fliegen mit einer Klappe zu schlagen. Er hatte deswegen niemals einen Bedienten, der nicht im Hause zu noch etwas nützlich gewesen wäre. Da er nun von jeher alles mit eigener Hand schrieb und später die Bequemlichkeit hatte, jenem jungen Hausgenossen in die Feder zu diktieren, so fand er am vorteilhaftesten, Schneider zu Bedienten zu haben, welche die Stunden gut anwenden mußten, indem sie nicht nur ihre Livreien, sondern auch die Kleider für Vater und Kinder zu fertigen, nicht weniger alles Flickwerk zu besorgen hatten. Mein Vater war selbst um die besten Tücher und Zeuge bemüht [...] so daß wir, dem Stoff nach, uns wohl hätten dürfen sehen lassen; aber die Form verdarb meist alles: denn wenn ein solcher Hausschneider allenfalls ein guter Geselle gewesen wäre, um einen meisterhaft zugeschnittenen Rock wohl zu nähen und zu fertigen, so sollte er nun auch das Kleid selbst zuschneiden, und dieses geriet nicht immer zum besten. Hiezu kam noch, daß mein Vater alles, was zu seinem Anzuge gehörte, sehr gut und reinlich hielt und viele Jahre mehr bewahrte als benutzte, daher eine Vorliebe für gewissen alten Zuschnitt und Verzierungen trug, wodurch unser Putz mitunter ein wunderliches Aussehen bekam. [...] Ich, diese Art von Aufzug schon gewohnt, hielt mich für geputzt genug; allein es währte nicht lange, so überzeugten mich meine Freundinnen, erst durch leichte Neckereien, dann durch vernünftige Vorstellungen, daß ich wie aus einer fremden Welt hereingeschneit aussehe. Soviel Verdruß ich auch hierüber empfand, sah ich doch anfangs nicht, wie ich mir helfen sollte [...]*

Erst als der junge Mann im Theater mitansah, wie eine ähnlich gekleidete Figur auf der Bühne herzlich belacht wurde, tauschte er seine *sämtliche Garderobe gegen eine neumodische dem Orte gemäße aus, wodurch sie aber freilich sehr zusammenschrumpfte.*

Wenn er also im ersten Brief an Riese schrieb: *Ich mache hier große Figur!* so erscheint das nun in einem etwas anderen Licht. Aufgrund seiner Frankfurter Erfahrungen nahm der junge Goethe Interesse an seiner Person zunächst ganz naiv und selbstverständlich als p o s i t i v e s Interesse wahr. Erst infolge der Hinweise von Freundinnen wurde ihm allmählich klar, dass die Leute sich über sein Aussehen lustig machten. Man kann sich denken, wie kränkend und verunsichernd diese Erfahrung war. Und der Punkt 'Aussehen' hat nachhaltige Folgen, denn nach Aussagen von Zeitgenossen hatte Goethe - nach dem Garderobenwechsel - sogar einiges von einem Stutzer, neigte also dazu, sich besonders modebewusst und auffällig zu kleiden, womit er zwar auf die Kleiderordnung der Leipziger einging, sie aber zugleich herausforderte.

Nach dieser überstandenen Prüfung sollte abermals eine neue eintreten, welche mir weit unangenehmer auffiel, weil sie eine Sache betraf, die man nicht so leicht ablegt und umtauscht.

Denn ein weiteres, noch viel ernsteres Problem hing ebenfalls mit seiner Herkunft zusammen, nur ließ es sich nicht dem Vater anlasten. Auch mit seinem *oberdeutschen Dialekt* und seiner ganzen Art, sich zu geben und Konversation zu treiben, erregte Goethe in der Leipziger Gesellschaft Anstoß, mit dem Ergebnis, dass er sich im *Innersten paralysiert* fühlte und kaum mehr wusste, wie er sich *über die gemeinsten Dinge zu äußern hatte. [...] Daneben hörte ich, man solle reden wie man schreibt und schreiben wie man spricht, da mir Reden und Schreiben ein für allemal zweierlei Dinge schienen, von denen jedes wohl seine eigenen Rechte behaupten möchte.*

Eine sicher leicht nachzuvollziehende Folge der Nichtakzeptanz seines Gebarens, seiner Sprache und seines Aussehens war eine starke Verunsicherung, der er zwar durch Abwertung "der Leipziger" entgegenzuwirken suchte, die ihn aber trotzdem - zumindest zeitweilig - in Vereinsamung und melancholische Verstimmung trieb, aus der er sich durch Arbeit an dichterischen Versuchen und durch Briefeschreiben zu befreien suchte. Das Ergebnis war eine stimmungsmäßige Berg- und Talfahrt, und sein Selbstwertgefühl schwankte zwischen arroganter

Überhebung und totaler Niedergeschlagenheit. In einem Brief an die Schwester vom Ende März 1766 heißt es beispielsweise:

erster Osterabend. 1766. [30. März.]
Liebe Schwester

It is ten a clok:
Thus may we see, how the world wags:
'T'is but an hour ago since it was nine;
And after an hour 'twill be eleven;
And so from hour to hour we ripe and ripe,

And then from hour to hour we rot and rot.

Bin ich nicht ein einzigartiger Mensch!? Ich habe dir schreiben wollen, daß es zehn Uhr ist; aber da kommen mir Verse von Shakespeare in den Sinn, und ich bringe sie zu Papier. [...]

Im Mai desselben Jahres reimte er in offenbar ganz anderer Stimmung ein Gedicht über 'mangelndes Selbstvertrauen', das er Johann Georg Schlosser - seinem zukünftigen Schwager - widmete:

A song
over
The Unconfidence towards my self. To Dr. Schlosser.

Thou knowst how heappily they Freind
Walks upon florid Ways;
Thou knowst how heavens bounteous hand
Leads him to golden days.
But hah ! a cruel ennemy
Destroies all that Bless;
In Moments of Melancholy
Flies all my Happiness.

Then fogs of doubt do fill my mind
With deep obscurity;
I search my self, and cannot find
A spark of Worth in me.
When tender freinds, to tender kiss,
Run up with open arms;

I think I merit not that bliss,
That like a kiss me warmeth.
Hah! when my child, I love thee, sayd,
And gave the kiss I sought;
Then I - forgive me tender maid -
She is a false one, thought.

She cannot love a peevish boy,
She with her godlike face.
O could I, freind, that t[h]ought destroy,
It leads the golden days.

An other t[h]ought is misfortune,
Is death and night to me:
I hum no supportable tune,
I can no poet be.

When to the Altar of the Nine
A triste incense I bring;
I beg let Poetry be mine
O Sistres let me sing.

But when they then my prayer not hear,
I break my whispring lire;
Then from my eyes runns down a tear,
Extinguish th' incensed fire.
Then curse I, Freind, the fated sky,
And from th' altar I fly;
And to my Freinds aloud I cry,
Be happier then I.

Are they not beautifull sister ? Ho yes ! Ohne Zweifel. [...]

Deutlich gibt das Gedicht das stimmungsmäßige Auf und Ab wieder, dem der junge Goethe unterlag. Als Ursache nennt er Selbstzweifel: *I search my self, and cannot find/A spark of Worth in me.* Doch die Ursachen des Selbstzweifels bleiben ungenannt. Aber sie gingen so weit, dass er sogar Liebesbezeugungen infragestellte, Falschheit witterte, weswegen auch sie die Zweifel nicht mindern konnten: *Then I [thought]/She is a false one.* [Wer diese "*She*" war, wird gleich klar.] Das einzig wirksame Ge-

15

genmittel war die Dichtkunst. Infolgedessen galt ihm als schlimmste aller Ängste die, auch als Dichter zu versagen. Schließlich sehen wir an dem Nachsatz - *Are they not beautifull sister ? Ho yes ! Ohne Zweifel.* - dass die Verse, weil sie ihm gelungen schienen, die Melancholie und Selbstunsicherheit, von der sie handeln, überwinden halfen. Ganz so, als ob er sich wie Münchhausen an den eigenen Haaren aus dem Sumpf zöge.

Doch ist die zeitweilige Verunsicherung auch in diesem Bereich in Leipzig so weit gegangen, dass er aus Frankfurt mitgebrachte alte Arbeiten und neue Entwürfe größtenteils vernichtet hat:

Ich hatte von meinen Jugendarbeiten was ich für das Beste hielt, mitgenommen, teils weil ich mir denn doch einige Ehre dadurch zu verschaffen hoffte, teils um meine Fortschritte desto sicherer prüfen zu können; aber ich befand mich in dem schlimmen Falle, in den man gesetzt ist, wenn eine vollkommene Sinnesänderung verlangt wird, eine Entsagung alles dessen, was man bisher geliebt und für gut befunden hat. Nach einiger Zeit und nach manchem Kampfe warf ich jedoch eine so große Verachtung auf meine begonnenen und geendigten Arbeiten, daß ich eines Tages Poesie und Prose, Plane, Skizzen und Entwürfe sämtlich zugleich auf dem Küchenherd verbrannte.

Die näheren Umstände dieser Krise schilderte er der Schwester ungefähr ein Jahr nach seiner Ankunft in Leipzig, nachdem er sich bereits wieder erholt zu haben scheint: *Ich fange an mit den Leipzigern, und mit Leipzig, ziemlich unzufrieden zu werden. Ich binn aus der Gnade derjenigen denen ich sonst meine Aufwartung machen durfte gefallen, und das deßwegen weil ich meines Vaters Raht gefolgt habe und nicht spielen will. Man hält mich daher, für einen in der Gesellschafft überflüssigen Menschen, mit dem nichts anzufangen ist. Ich hätte mich sogar neulich, in einem Haar über, die nähmliche Materie den Unwillen der Frau Hofr. Böhme zuzieen können. Ich binn dieses gantze halbe Jahr über, von keinem als Böhmens und Langens zu Gaste gebeten worden.*

Auch hier sollen also - abgesehen von den unleidlichen Leipzigern - unangenehme Folgen des väterlichen Einflusses schuld an seiner Isolierung gewesen sein; jedenfalls andere, keinesfalls er selbst. Jedoch nennt er an anderer Stelle desselben Briefes einen sehr wahrscheinlich viel wichtigeren Grund:

Noch eine andere Ursache warum man mich in der grosen Welt nicht leiden kann. Ich habe etwas mehr Geschmack und Kenntniß vom Schönen, als unsere galanten Leute und ich konnte nicht umhin ihnen offt in großer Gesellschafft, das armseelige von ihren Urteilen zu zeigen.

Nach durchstandener schwerer Selbstwertkrise schlug das Pendel extrem weit in die andere Richtung aus. Zum einen überhob er sich arrogant über die Leipziger Gesellschaft - er selbst spricht von 'Stolz' - zum anderen reagierte er auf die Verunsicherungen mit Rückzug: *Da ich aber bald empfinden mußte, daß die Gesellschaft gar manches an mir auszusetzen hatte, und ich, nachdem ich mich ihrem Sinne gemäß gekleidet, ihr nun auch nach dem Munde reden sollte, und dabei doch deutlich sehen konnte, daß mir dagegen von alledem wenig geleistet wurde, was ich mir von Unterricht und Sinnesförderung bei meinem akademischen Aufenthalt versprochen hatte, so fing ich an lässig zu werden und die geselligen Pflichten der Besuche und sonstigen Attentionen zu versäumen, [...].*

Doch schuld daran, dass er bei den 'Leipzigern' nicht gut ankam, war natürlich vor allem seine Arroganz, der er sich nicht im selben Maße bewusst zu sein schien, wie seiner Selbstwertkrisen. Im übrigen wiederholten sich da Probleme, wie der kleine Wolfgang sie auch schon in der öffentlichen Schule gehabt hatte. An einem mehr als sieben Monate später geschriebenen Brief lässt sich ablesen, dass er die Krise mithilfe der Arbeit an dichterischen Werken überstanden hatte:

Da ich ganz ohne Stolz bin, kann ich meiner innerlichen Überzeugung glauben, die mir sagt daß ich einige Eigenschaften besitze die zu einem Poeten erfordert werden, und daß ich, durch Fleiß einmal einer werden könnte. Ich habe von meinem zehenten Jahre, angefangen Verse zu schreiben, und habe geglaubt sie seyen gut, jetzo in meinem 17ten sehe ich, daß sie schlecht sind, aber ich bin doch 7 Jahre älter, und mache sie um 7 Jahre besser. Hätte mir einer anno 62. Von meinem Joseph gesagt, was ich jetzt selbst davon sage ich würde so niedergeschlagen worden seyn, daß ich nie eine Feder angerührt hätte.

Ihm gelungener erscheinende Arbeiten machten die alten Versuche als Stützen des Selbstwertgefühls entbehrlich, aber eine Empfindlichkeit bestand fort, denn an anderer Stelle im selben Brief begründet er seine Angst, Kritikern - wie z. B. dem bewunderten Lehrer Gellert - seine Arbeiten zu zeigen: *Man lasse doch mich gehen, habe ich Genie; so werde ich Poete werden, und wenn mich kein Mensch verbessert, habe ich keins; so helfen alle Criticken nichts.*

Briefeschreiben und dichterische Produktion waren die hauptsächlichen Beschäftigungen, mit denen er seine Selbstwertprobleme, die Niedergeschlagenheit und Verlassenheitsgefühle bekämpfte. Mithilfe der Briefe verließ er die einsame Gegenwart und verweilte in Gedanken bei der Schwester oder seinen Freunden, und in den dichterischen Arbeiten verließ er die Wirklichkeit sogar ganz und gestaltete eine Welt nach seinen Vorstellungen. Auf diese Weise gelang es ihm, innerlich und äußerlich zur Ruhe zu kommen, wie er in einem Brief aus dem Oktober 1767 an die Schwester anschaulich schildert:

Mittewochs 14. Oktober frühe. [1767]
Ich will heute diesen Brief zu endigen suchen, ich habe schon viel geschrieben, aber noch nicht soviel als ich mir vorgesetzt hatte. Jetzo will ich dir ein wenig von meiner jtzigen Lebensart Nachricht geben. Sie ist sehr philosophisch. Ich habe dem Concerte, der Commödie, dem Reiten und Fahren gänzlich entsagt, und alle Gesellschafften von jungen Leuten verlassen die mich zu einem oder dem andern bringen könnten. Es wird dieses von grosem Nutzen für meinen Beutel seyn. Die Woche gehe ich von Hause zu Tische und von Tische nach Hause, und das wird im Winter und schlechten Wetter so fortgehen.

Es ist aber eine trügerische Ruhe, denn wenig später heißt es im selben Brief: *Ich binn nur aus Laune heiter wie ein Aprilltag, und kann immer 10 gegen 1 wetten daß morgen ein dummer Abendwind Regenwolcken heraufbringen wird. Die guten Studia die ich studiere machen mich auch manchmal dumm. [...]*

Neben den *Studia*, der Leipziger Gesellschaft, dem Briefeschreiben und Dichten beschäftigt ihn mehr und mehr ein anderes Thema: die *Mädgen*. [Das *g* spricht man wie *ch*, genau wie in 'Leizig']. Die Erholung von dem 'Kulturschock' nach seiner Ankunft in Leipzig scheint nicht zuletzt dadurch befördert worden zu sein, dass er Damenbekanntschaften schließt oder bereits geschlossene Bekanntschaften vertieft. In dem Brief vom 11. Mai 1766, in dem er seine Kleinheitsgefühle artikuliert, heißt es vor den Versen über 'Unconfidence':

Any words of my self. Sister I am a foolish boy. Thou knowst it; why should I say it? My soul is changed a little. I am no more a thunderer, as I was at Francfort. I make no more: J'enrage. I am as meek! as meek! Hah thou believest it not! Many time I become a melancholical one. I know not whence it comes.

Zwischen dem 11. und 14. Mai 1766 fand jedoch eine wundersame Verwandlung statt: the 14 of May. [1766]

Often Sister I am in good humor. In a very good humor! Then I go to visit pretty wifes and pretty maiden. St! say nothing of it to the father. - But, why should the father not know it? It is a very good scool for a young fellow to be in the company and acquaintance of young virtuos and honest ladies. The fear to be hatred by them makes us fly many excesses, seducing by his outward side, and therefore periculous to the Youth. Look Sister, that is the State of my present life: I seek to do nothing of what I could not give reason, to my superiors which are my God and my parents, I seek further to please to the uttermost part of men, wise and fools, great and littles, I am diligent, I am mirthy, and I am luky. Adieu.

Die Veränderung lässt sich am ehesten deuten, wenn man dem alten Ratschlag "Cherchez la femme!" folgt, denn neben der poetischen Produktion, die ihn im Falle des Gelingens hochgestimmt sein lässt, sind es auch einige "belles filles", welche zu der Erholung beitragen:

Was meine Melancholie betrifft, so ist sie nicht so stark, wie ich sie beschrieben habe, denn manchmal sind meine Beschreibungen in einer Weise poetisch, durch welche die Fakten vergößert erscheinen. Was mein Gesicht betrifft, so ist es wohl nicht gar so schrecklich, denn unter uns gesagt, gibt es da einige hübsche Mädchen, die mich gern sehen.

Und im selben Brief, in dem er sich auch über die "galanten Leute" erhebt, geht er auf die Leipziger Damen ein, mit denen er zu tun hat:

Du stellst dich auf die Seite der Leipzigerinnen. Du tust gut daran, wenn es gegen jene geht, die sie ganz allgemein verachten, was dein Bruder jedoch nicht tut. Es ist wahr, daß die Erziehung hier keinen Sou wert ist, daß sie nichts Solides hervorbringen kann, weswegen die Demoiselles hier keine Prinzipien und keinen Geschmack haben. Nichtsdestoweniger gibt es einige Mädchen, die Schätzung und Liebe verdienen, mit denen sogar du dich gern unterhalten würdest, meine kleine Ge-

19

lehrte, und auch wenn sie dir den Vorrang einräumen würden, was Wissen angeht, so jedoch nicht in Hinsicht auf Herzensgüte und Tugend.

Die entscheidende Wende im Verhältnis des jungen Goethe zur Damenwelt wurde durch den Besuch eines Frankfurter Bekannten eingeleitet. Johann Georg Schlosser, der jüngere der beiden Brüder, von denen man erwartete, dass sie *einst im Staat und in der Kirche etwas Ungemeines leisten* würden, hatte eine Stelle im Sächsischen angenommen und war auf Durchreise in Leipzig angemeldet.

Dieser junge, edle, den besten Willen hegende Mann, der sich einer vollkommenen Reinigkeit der Sitten befliß, hätte durch eine gewisse trockene Strenge die Menschen leicht von sich entfernt, wenn nicht eine schöne und seltene literarische Bildung, seine Sprachkenntnisse, seine Fertigkeit, sich schriftlich sowohl in Versen als in Prosa, auszudrücken, jedermann angezogen und das Leben mit ihm erleichtert hätte. Daß dieser durch Leipzig kommen würde war mir angekündigt, und ich erwartete ihn mit Sehnsucht.

Schlosser war - zusammen mit einem anderen Frankfurter Bekannten Goethes, Johann Adam Horn - zur Ostermesse 1766 in Leipzig eingetroffen. Goethe berichtet: *Solange Schlosser in Leipzig blieb, speiste ich täglich mit ihm und lernte eine sehr angenehme Tischgesellschaft kennen [...]*, darunter auch einige Livländer sowie der rund zehn Jahre ältere Ernst Wolfgang Behrisch, der in der Folgezeit ein enger Freund und zur wichtigen Bezugsperson des jungen Goethe wird.

Diese Personen begegneten mir sämtlich, teils wegen Schlossers, teils auch wegen meiner eignen offenen Gutmütigkeit und Zutätigkeit, auf das allerartigste, und es brauchte kein großes Zureden, künftig mit ihnen den Tisch zu teilen. Ich blieb wirklich nach Schlossers Abreise bei ihnen, [...] und befand mich in dieser geschlossenen Gesellschaft um so wohler, als mir die Tochter vom Hause, ein gar hübsches nettes Mädchen, sehr wohl gefiel, und mir Gelegenheit ward freundliche Blicke zu wechseln, ein Behagen, das ich seit dem Unfall mit Gretchen weder gesucht noch zufällig gefunden hatte.

Dieses Mädchen war die etwa drei Jahre ältere Anna Katharina Schönkopf.

2.2 Käthchen in Goethes Briefen aus Leipzig

Käthchen wird von Goethe niemals so genannt. Bei ihm heißt sie Ännchen oder - in Anlehnung an die Heldin einer bereits in Frankfurt fertiggestellten, in Leipzig überarbeiteten und erweiterten (und nicht, wie die meisten anderen vernichteten) dichterischen Arbeit - Annette oder Nette. Auch in später aus Frankfurt an sie gerichteten Briefen lautet die Anrede *"Meine liebe Freundinn"* oder einmal sogar *"Meine geliebteste Freundin"*. Der erste in Leipzig geschriebene Brief, in dem es um Käthchen Schönkopf geht, ist an Goethes Freund Moors gerichtet.

Goethe amico suo Moorsio Salutem plurimam dicit.

Mein lieber Moors,

Endlich schreibe ich dir. Die verworrenen Umstände in denen ich mich befinde, werden mich entschuldigen, daß ich so lange unschlüßig gewesen bin, was ich tuhn sollte. Ich habe mich endlich entschloßen, dir alles zu entdecken, und Horn hat die Mühe über sich genommen, es dir zu schreiben, eine Sache die mir dennoch nicht die angenehmste gewesen wäre. Du weißt also alles. Du wirst daraus gesehen haben daß dein Goethe noch nicht so bestrafenswerth ist als du glaubst. Dencke als Philosoph, und so mußt du dencken wenn du in der Welt glücklich seyn willst, und was hat alsden meine Liebe für eine scheltungswürdige Seite? Was ist der Stand. Eine eitle Farbe die die Menschen erfunden haben, um Leute die es nicht verdienen mit anzustreichen. Und Geld ist ein eben so elender Vorzug in den Augen eines Menschen der denckt. Ich liebe ein Mädgen, ohne Stand und ohne Vermögen, und jezo füle ich zum aller erstenmahle das Glück das eine wahre Liebe macht. Ich habe die Gewogenheit meines Mädgens nicht denen kleinen elenden Trakasserien der Liebhaber zu dancken, nur durch meinen Charackter, nur durch mein Herz habe ich sie erlangt. Ich brauche keine Geschencke um sie zu erhalten, und ich sehe mit einem verachtenden Aug auf die Bemühungen herunter durch die ich ehemahls die Gunstbezeugungen einer W. erkaufte. Das fürtreffliche Herz meiner S. ist mir Bürge, daß sie mich nie verlassen wird, als dann wenn es uns Pflicht und Nohtwendigkeit gebieten werden uns zu trennen. Solltest du nur dieses fürtreffliche Mädgen kennen, bester Moors du würdest mir diese Tohrheit verzeihen, die ich begehe, indem ich sie liebe. Ja Sie ist des grösten Glücks werth, das ich ihr wünsche, ohne jemahls hoffen zu können etwas dazu beyzutragen. Lebe wohl. [...] Ich muß dir noch am Ende im namen der Freundschafft das heiligste Stillschweigen auflegen. Laß es keinen Menschen wissen, keinen ohne ausnahme. Du kannst dencken welches Übel daraus entstehen könnte. Lebe wohl. L. d. 1 Octb 1766.

Goethe

Ich habe mich endlich entschloßen, dir alles zu entdecken. Das heißt, dass es ihm schwergefallen ist. Nicht leichten Herzens, sondern erst nach sorgfältigem Abwägen des Für und Wider hat er sich entschlossen, den Freund einzuweihen; vielleicht auch deshalb, weil er womöglich noch rufschädigenderen Gerüchten vorbeugen will.

Dass Goethe sein Herz nicht auf der Zunge trägt, sondern das Für und Wider von Offenheit und Verschwiegenheit sorgfältig abwägt, manifestiert sich auch soäter. Wie wichtig ihm das Thema ist, sehen wir daran, dass er nach dem ersten Lebewohl in einer Art Postskriptum den Freund ermahnt:

Ich muß dir noch am Ende im namen der Freundschafft das heiligste Stillschweigen auflegen. Laß es keinen Menschen wissen, keinen ohne ausnahme. Du kannst dencken welches Übel daraus entstehen könnte.

Denn es ist eine *Tohrheit, ein Mädgen, ohne Stand und ohne Vermögen* zu lieben, also eine M e s a l l i a n c e einzugehen. Daher gibt er sich große Mühe, dem Freund zu erklären, warum er es dennoch tut. Da ist zunächst die Philosophie, auf die er sich beruft - in diesem Fall vermutlich weniger auf die Stoiker als auf Epikur. Sodann relativiert er die ihm sonst durchaus nicht unwichtigen Vorzüge von *Stand* und *Geld*. Es folgt die zentrale Aussage: *jezo füle ich zum aller erstenmahle das Glück das eine wahre Liebe macht.*

Weitere Gründe, welche die *Tohrheit* verzeihlich machen, lägen im Charakter des Mädchens, deren *Gewogenheit* er nicht Geschenken verdankte, wie Freier sonst, sondern seinem *Charackter* und seinem *Herzen*, d.h. seiner von ihr geschätzten Persönlichkeit. Und noch eine weitere Aussage verdient einen Kommentar: *Das fürtreffliche Herz meiner S. ist mir Bürge, daß sie mich nie verlassen wird, als dann wenn es uns Pflicht und Nohtwendigkeit gebieten werden uns zu trennen.*

Ihm war von vornherein völlig klar, dass die Beziehung zwischen dem wohlhabenden Frankfurter Patriziersohn und der unvermögenden Leipziger Wirtstochter aus Gründen der gesellschaftlichen und bildungsmäßigen Kluft, erweitert durch seinen riesigen Ehrgeiz, nicht auf Dauer angelegt sein konnte.

Worum ging es ihm also wirklich? Dass sie ihn nie verlassen werde, kann es ja nicht gut gewesen sein, denn er nennt sogleich die Umstände, unter denen auch sie ihn verlassen könnte oder sogar verlassen müsste! Also liegt die implizite Betonung des Satzes auf **sie**, dass **sie** ihn nie verlassen würde! Das kann aber eigentlich nur bedeuten, dass e r derjenige sein will, der zu gegebener Zeit die Trennung vollzieht. Liebe auf Zeit, solange e r will, das war seine Idee, denn allerspätestens bei seiner Rückkehr nach Frankfurt stand die unvermeidliche Trennung bevor. Aber diesmal würde e r derjenige sein, der die Geliebte mit gebrochenem Herzen zurücklässt; weinend zwar, wie sie, insgeheim jedoch bei dem Gedanken frohlockend, dass sie ihn so sehr liebt, dass es ihr das Herz bricht, wenn er fortgeht; wohingegen er selbst - nach kurzem Schmerz enorm gestärkt - zu neuen Ufern aufzubrechen gedenkt. So seine allenfalls halbbewusste, vermutlich nie wirklich zuende gedachte, weil gewissermaßen selbstverständliche Vorstellung, diesmal - anders als im Fall Gretchen in Frankfurt - im Kampf um Liebe zu obsiegen.

Es gab allerdings einige Unbekannte in diesem Spiel: Z. B. das eigene Gewissen. Gerade weil Käthchen ein *fürtreffliches Herz* hatte, könnte es zu gegebener Zeit schwerfallen, *Pflicht und Nohtwendigkeit* zu gehorchen. Und auch die Kontrolle, die jemand über seine Gefühle hat, ist ja durchaus keine feststehende, kalkulable Größe, sondern hängt von Charakter und Erfahrung ab. Man weiß nicht von Geburt an, wie sehr man sich in einer bestimmten Situation verlieben wird, wie tief die Gefühle verwurzelt sind, die man empfindet und wie leicht oder wie schwer die irgendwann wahrscheinliche oder sogar unvermeidliche Trennung fallen werde. Erst, wenn jemand solche Verliebtheiten - samt den sich in der Regel anschließenden Vorstufen der Ablösung bis zur Trennung sowie die darauf folgende Trauerphase bis zur nächsten Verliebtheit - mehrfach durchlebt hat, kann er sich seiner Gefühle einigermaßen sicher sein. Irrtümer in bezug auf den Grad der eigenen Involviertheit sind allerdings selbst dann nicht auszuschließen.

Schon der erste erhalten gebliebene Brief an den neuen Freund Behrisch - nur wenige Tage später geschrieben als der soeben zitierte - zeigt denn auch die sich anbahnende Beziehung zu Käthchen in einem ganz anderen Licht:

Leipzig, 8. Oktober [1766]

vom Schreibpult meiner Kleinen!

Sie ist gegangen, mein lieber, mein guter Behrisch, in die Komödie, mit ihrer Mutter und ihrem vorgeblich Zukünftigen, der ihr zu gefallen sucht mit hundert Gefallen. Es ist sehr angenehm zu sehen, wert von einem Kenner goutiert zu werden, wie ein Mann sich abmüht, zu gefallen, einfallsreich, sorgfältig, immer auf den Beinen, ohne die geringsten Früchte zu ernten, der für jeden Kuß den Armen zwei Louisdors geben und trotzdem keinen bekommen wird, und dabei mich sieht, der ich unbeweglich in einer Ecke sitze, ohne ihr irgendwelche Komplimente zu machen, den er für einen Idioten hält, der nicht zu leben weiß, um am Ende den Idioten Gaben erhalten zu sehen, für die er eine Reise nach Rom machen würde. - Ich wollte ebenfalls gehen, als sie ging, aber um mich daran zu hindern, gab sie mir den Schlüssel ihres Sekretärs, mit der unbeschränkten Möglichkeit, damit zu tun und darauf zu schreiben, was immer ich will. Im Gehen sagte sie zu mir, ich solle bleiben, bis sie wiederkommt, Sie haben immer eine Verrücktheit im Kopf, sei es in Versen, sei es in Prosa, schreiben Sie sie nieder, wie es Ihnen gefällt. Dem Vater werde ich schon irgendwie erklären, warum Sie hier oben bleiben, und wenn er es versteht, soll er doch. Sie übergab mir noch zwei schöne Äpfel, Geschenke meines Rivalen. Ich habe sie gegessen, und sie schmeckten ausgezeichnet.

Ich wüßte die Zeit nicht besser zu nutzen als Ihnen zu schreiben und Ihnen den Brief persönlich zu bringen. Möge Gott Ihren Grafen dazu bringen, früh zu gehen, denn Sie fehlen mir, um mein Glück und meine Freude vollkommen zu machen. Aber leider werden die Kollegien wieder beginnen. Nun gut, wir werden uns trotzdem sehen, ich werde diesen Winter in drei gleiche Teile teilen, zwischen Ihnen, meiner Kleinen und meinen Studien. Könnten Sie ebenso glücklich sein wie ich! Was macht Dresden? Wie die Liebe wird auch die Freundschaft durch die Messe ausgesetzt. Adieu! Ich habe schrecklich geschmiert. Ich werde aufhören,

Ihnen diesen Brief bringen und wieder zurücksein, wenn meinen Kleine aus der Komödie kommt.

An diesem Brief ist einiges problematisch, zugleich aber hochinteressant. Sollte er tatsächlich aus dem Jahre 1766 stammen, so würde das bedeuten, dass Goethe schon sehr früh - wohl vom Beginn der Beziehung zu Käthchen an - mindestens den hier erwähnten Nebenbuhler hatte. Für die Richtigkeit der Datierung spricht zum einen die später - 1767 - im Briefwechsel mit Behrisch nicht mehr verwendete französische Sprache sowie der Eindruck, dass der junge Goethe hier nicht auf der Verlierer-, sondern sehr deutlich auf der Gewinnerstraße ist. Unverkennbar ist er es, der dem *vorgeblich Zukünftigen* gerade die Frau ausspannt, nicht umgekehrt. Und er schwelgt im Triumph: *Es ist eine sehr angenehme Sache, der Beachtung durch einen Kenner wert, zu sehen wie ein Mann zu gefallen sucht, erfinderisch, sorgfältig, immer auf dem Sprung, ohne die geringsten Früchte zu ernten, der für jeden Kuß zwei* Louisdors *den Armen gäbe, der aber nie einen bekommen wird, und zugleich mich zu sehen, unbeweglich in einer Ecke, ohne jede Galanterie und ohne im mindesten zu flirten, von dem anderen als Trottel angesehen, der nicht zu leben versteht, und schließlich diesen Trottel Gaben empfangen zu sehen, für die der andere eine Reise nach Rom machen würde.*

Dadurch, dass er die Äpfel isst, die der Rivale Käthchen geschenkt hat, wird der Triumph noch köstlicher. Und es gibt noch einen anderen Aspekt, der verdient, hervorgehoben zu werden. Wenn er schreibt: *Ich werde diesen Winter in drei gleiche Teile teilen, zwischen Ihnen, meiner Kleinen und meinen Studien,* dann ist er ganz Herr der Lage. Er ist auch Herr seiner selbst und kann seine Zeit einteilen wie ihm beliebt, und das ist ihm wichtig. Im folgenden, auf den 12.10.1766, also vier Tage später, datierten Brief schildert er seine wachsende Verliebtheit und die Fortschritte, die er in der Eroberung sowohl der Angebeteten als auch ihrer Mutter macht:

Guten Tag, mein Lieber!

Meine Kleine, alle Macht über mich nutzend, hat bewirkt, daß ich mein gegebenes Wort breche und das Souper versäume, das Sie mir haben zubereiten lassen. Ich bin deswegen untröstlich; aber sie hat dafür bezahlt und wird noch weiter bezahlen. Ich weiß, daß Sie nach-

sichtig sein und mir leicht verzeihen werden, wenn ich Ihnen die Umstände dieses Abends vor Augen führe. Ich ging von Ihnen aus direkt in meine Unterkunft, um meine kleinen Angelegenheiten zu erledigen, als ich zu meinem Erstaunen eine Mitteilung vorfand, abgefaßt in unserer geheimen Korrespondenzsprache, ich solle mich umgehend zu ihr begeben. Ich eilte zu ihr und fand sie allein, die ganze Familie, angezogen von dem neuen Stück, war in der Komödie. Lieber Himmel, was für ein Vergnügen, mit der Verehrten allein zu sein, vier Stunden in Folge. Sie gingen vorüber, ohne daß wir es gewahr wurden. Ich erfuhr, daß mir die Mutter verziehen habe und daß die gute Frau, zuletzt ermüdet von den andauernden Zärtlichkeiten des anderen für ihre Tochter gegen ihn gewandt hatte. Wie machten mich diese vier Stunden glücklich!

> What pleasure, God! of like a flame to burn,[47]
> A virteous fire, that ne'er to vice kan turn.
> What volupty! when trembling in my arms,
> The bosom of my maid, my bosom warmeth!
> Perpetual kisses of her lips o'erflow,
> In holy embrace mighty virtue shew.
> When I then, rapt, in never felt extase,
> My maid! I say, and she, my dearest! says.
> When then, my heart, of love and virtue hot,
> Cries: come ye angels ! Come! See and envy me not.

12. d'Octb 1766

Sie werden über diese Extase lachen. Lachen Sie nur soviel Sie wollen. Aber Sie werden noch mehr zu lachen haben, denn dieser Brief enthält nichts als Liebe. Verzeihen Sie mir und denken Sie daran, daß wir nie so fruchtbar im Ausdruck sind, als wenn unser Herz sie uns liefert. Adieu. Ich werde nicht unterlassen, Ihnen im Verlauf der nächsten 8 Tage manchmal zu schreiben, wenn Sie mit meiner schlechten Handschrift zufrieden sein wollen.

Goethe

Im Briefwechsel mit Cornelia taucht Käthchen erst sehr viel später auf; und zwar in einem Brief vom 11.05.1767, wo er sie der Schwester vorstellt, - als letzte in einer Reihe von fünf Damen:

[...] Die kleine Schönkopf verdient nicht unter meinen lebenden Bekanntschaften vergessen zu werden. Es ist ein sehr gutes Mädchen, mit dem Herzen am rechten Fleck, verbunden mit einer angenehmen Naivität, obwohl es eine Erziehung genossen hat, die mehr streng als gut war. Sie ist mein Ökonom, wenn es um meine Wäsche und meine Kleider geht, denn das kann sie sehr gut, und ihr macht es Vergnügen, mir mit ihrem Wissen zu helfen, und ich liebe sie dafür. Nicht wahr, Schwester, ich bin ziemlich eigenartig, ich liebe alle diese Mädchen. Wer würde das nicht tun, da sie alle gut sind; denn was die Schönheit angeht, so läßt sie mich kalt: und außerdem sind alle meine Bekannte eher gut als schön. [...] Immerhin werde ich unterhalten, von einem sehr angenehmen Mädchen, wenn es nur klug ist, ich liebe sie alle, ohne mich an irgendeine zu binden, alle mögen mich, keine liebt mich, das ist alles, was ich brauche, und ich bin's zufrieden.

Die Aussage: *ich liebe sie alle, ohne mich an irgendeine zu binden, alle mögen mich, keine liebt mich, das ist alles, was ich brauche, und ich bin's zufrieden*, hat er später im selben Brief noch einmal spöttisch überhöht:

Ihr guten Mädgen, wir sind klüger als ihr denckt, wir leben hier in der angenehmsten Freiheit, und müsten Tohren seyn wenn wir uns euch unterwürfen, denn es ist keine Sclaverey beschwerlicher als euch zu dienen.

Dass das Bild so neutral ist, das er hier von seiner Beziehung zu Käthchen zeichnet, wird zum einen darauf zurückzuführen sein, dass er sein Engagement, von dem er damals allerdings wohl selbst noch nicht geahnt hat, wie tief es tatsächlich wird, vor der Schwester - und dem stets mitlesenden Vater - geheimhalten will, zum anderen ist es poetisches Programm:

Es ist nicht nötig, daß ein Dichter wahre Liebe fühlt, um sie in seinen Gedichten malen zu können, sondern ideale, perfekte Mädchen, oder schlechte, so wie sie sind, denn sonst würde er, wenn er verliebt ist, seine Maitresse darstellen, wie Seekatz seine Frau, obwohl es Prinzessinnen sein sollten. Mit anderen Worten: Der junge Goethe erhebt gefühlsmäßige Neutralität zum poetischen Programm!

Aber wie lässt sich diese Forderung mit jener Aussage im Brief an Behrisch vom 12.10.1766 vereinbaren? Der dort geäußerte Gedanke, *daß wir niemals so fruchtbar an Gedanken sind als wenn uns unser Herz sie liefert*, scheint dem poetischen Programm der gefühlsmäßigen Neutralität zu widersprechen. Der Widerspruch lässt sich jedoch leicht auflösen. Er beruht auf dem Unterschied, den Goethe zwischen dem Dichten einerseits und dem Schreiben von Briefen andererseits macht, bei dem das Herz nach Belieben überlaufen darf. Ein Dichter hingegen darf nicht vor allem besingen, was er fühlt, wie auch der Maler nicht nur malen soll, was er sieht, sondern das künstlerisch Gute, Wahre und Schöne. Das gemahnt uns, daran zu denken, dass Goethe die Realität jederzeit zugunsten 'poetischer Wahrheit' geopfert hat, also auch in seinen Lebenserinnerungen, denen er diesem Programm entsprechend den Titel "Dichtung und Wahrheit" gab.

Doch was für Historiker eine gefährliche Klippe darstellt, ist für unsere Zwecke im eigentlichen Wortsinn 'gleich-gültig', denn was wir suchen, findet sich sowohl in dem, was wahrheitsgetreu als auch in dem, was geschönt geschildert wird. Und sowohl aus dem Brief an Cornelia als aus dem an Behrisch geht hervor, dass er zwar intensiv fühlen - also auch lieben - will, aber nach dem landläufigen Motto: "Wasch mich, aber mach mich nicht nass!" Denn er möchte zwar intensiv Liebe fühlen, zugleich aber frei bleiben. Und dieser Widerspruch bedeutet ein großes Problem. Die Wirklichkeit, die sich wohl in den Briefen an Behrisch deutlicher zeigt - und zwar sowohl den bereits zitierten als auch den noch zu zitierenden, weil er dem Freund gegenüber nicht die sonst üblichen familiären oder sozialen Rücksichten nimmt - sieht bereits erheblich anders aus. Er ist keineswegs so klug, wie er sich der Schwester gegenüber zu sein brüstet, denn während er noch von *der angenehmsten Freiheit* schreibt, war er bereits auf dem besten Wege, sie zu verlieren. Der folgende, Anfang Oktober 1767 datierte, also fünf Monate nach dem soeben zitierten Brief an Cornelia und nach etwa einem Jahr Pause geschriebene, an Behrisch gerichtete Brief zeigt das sehr deutlich:

Ich muß dir etwas schriftlich sagen, weil ich mich für deinen Spott fürchte, wenn ich dir es mündlich sagen wollte. Du mußt es wissen. Ich will kurz seyn. Ich verlange deine Gedancken, deinen Raht, du hast mehr Erfahrung als ich, und bey dieser Sache keine Leidenschaft. Es sind

zwey Leute in die Stube gezogen die unten offen war. Du hast sie viel-
leicht dort gesehen. Doch das tuht nichts zur Sache. Der eine ist ein ält-
licher Mensch, der andere jünger, der mich wohl wehrt sein möchte, du
verstehst mich. Doch deßwegen bin ich ganz ruhig gewesen. Sie haben
nebst dem Mittagstisch auch den Abendtisch ausgemacht, und werden
alle Abende mit Essen. Das ist mir etwas verdrüßlicher aber noch nicht
alles. Wenn du dir mein Mädgen fürstellen kannst; so kannst du dir ihre
Bitten dencken mit denen sie mich belagert, diese Veränderung nichts
in meinem Betragen und meinem Herzen ändern zu lassen. Sie hat mich
unter den heftigsten Liebkosungen gebeten mich nicht mit Eifersucht zu
plagen, sie hat mir Geschworen immer mein zu seyn. Und was glaubt
man nicht, wenn man liebt. Aber was kann sie schwören? Kann sie
schwören, nie anders zu seyn als jetzt, kann sie schwören daß ihr Herz
nicht mehr schlagen soll. Doch ich wills glauben, daß sie's kann.

Aber nun gesetzt - nichts gesetzt, es klingt als wenn ich nicht mit der
Sprache heraus wollte. - Heute - Ein Blick auf einen Liebhaber hebt ihn
in Himmel, aber seine Schöne kann ihn bald herunter bringen sie darf
nur die Augen auf einen andern wenden. Eine Sentenz. Du mußt sie mit
meinem verwirrten Kopfe entschuldigen. Heute stand ich bey ihr, und
redete, sie spielte mit den Bändern an ihrer Haube. Gleich kam der jüng-
ste herein, und forderte eine Tarockkarte von der Mutter, die Mutter ging
nach dem Pulte, und die Tochter fuhr mit der Hand nach dem Auge, und
wischte sichs als wenn ihr etwas hineingekommen wäre. Das ists was
mich rasend macht. Ich binn närrisch denckst du. Nun höre weiter. Diese
Bewegung kenne ich schon an meinem Mädgen. Wie oft hat sie ihre
Röhte ihre Verwirrung vor ihrer Mutter zu verbergen eben das getahn,
um die Hand schicklich ins Gesicht bringen zu können. Sollte sie nicht
eben das tuhn, ihren Liebhaber zu betrügen was sie getahn hat ihre Mut-
ter zu hintergehn. Es ist ein Argwohn der bei mir einen hohen Grad von
Gewißheit hat. Setze es wäre gewiß, und - ich zittre deine Antwort zu
hören - wie soll ich sie entschuldigen. Ja, das will ich, sie entschuldigen.
Sage mir Gründe vor sie, keine wider sie. Du würdest - Genug - Ver-
liebte Augen sehen schärfer, als die Augen des Herrn; aber oft zu scharf.
Rahte mir im ganzen, und tröste mich wegen des letzten. Nur spotte mich
nicht, wenn ich's auch verdient hätte.

Wie hat sich der Ton gewandelt! Nun ist e r es, der um seinen emotionalen Besitzstand bangt, und zum ersten Male taucht das Wort "Eifersucht" auf, das in der Folgezeit wichtigste Thema bezeichnend. Wir wissen nicht, welchen Rat Behrisch dem jüngeren Freund gegeben hat, aber er wird kaum viel geholfen haben, zumal einige Feinheiten des Berichts darauf hindeuten, dass Goethe nicht ohne Grund eifersüchtig gewesen ist. Betrachten wir die kleine Szene etwas genauer: *Heute stand ich bey ihr, und redete,* d.h., er hielt ihr einen seiner lehrhaften Vorträge, dessen Inhalt sie nicht besonders interessiert zu haben scheint, wie ihre Körpersprache verrät, denn *sie spielte mit den Bändern an ihrer Haube.*

Er merkte natürlich, dass sie ihm nicht etwa gebannt zuhörte, wie er es gern gehabt hätte, wusste sich aber keinen Rat. Da erschien der mutmaßliche Nebenbuhler, der es wahrscheinlich noch nicht wirklich war. Goethe nahm Käthchens ihm bekannt scheinende Geste wahr, mit der sie unbewusst ihren Wunsch zum Ausdruck brachte, seiner Ansprache zu entkommen, und erlebte bereits diesen Wunsch als Untreue. Und welche Schwüre ihm seine Angebetete auch immer geleistet haben mag, sehr wahrscheinlich hatte sie die Hoffnung noch nicht aufgegeben, einen weniger schwierigen, passenderen und vor allem sicheren Kandidaten für eine ernsthafte Bindung zu finden.

Doch hat die Geschichte noch eine andere Seite. *Sie hat mich unter den heftigsten Liebkosungen gebeten mich nicht mit Eifersucht zu plagen, sie hat mir Geschworen immer mein zu seyn.* Er könnte also eigentlich beruhigt sein, doch ist er es nicht. Warum nicht? Könnte seine Eifersucht noch eine andere, weniger offensichtliche Bedeutung haben? Ich kann erst später eine Antwort auf diese Frage geben.

Im folgenden Brief an Behrisch, vermutlich vom 7. oder 9. Oktober 1767, ist der Tonfall wieder munterer, zeitweilig sogar komisch:

Hochzeitlied,
an meinen Freund.
Im Schlafgemach, fern von dem Feste,
Sitzt Amor Dir getreu, und wacht,
Daß nicht die List muhtwill'ger Gäste,
Das Brautbett dir unsicher macht.
Er harrt auf dich. Der Fackel Schimmer

Umglänzt ihn, und ihr flammend Gold
Treibt Weihrauchdamf der durch das Zimmer
In wollustvollen Wirbeln rollt.

Wie schlägt Dein Herz, beym Schlag der Stunde
Der deiner Gäste Lärm verjagt!
Wie blickst du nach dem schönen Munde
Der dir nun bald nichts mehr versagt.
Du gehst, und wünschend geht die Menge;
Ach wer doch auch so glücklich wär'!
Die Mutter weint, und ihre Strenge
Hielt' gern dich ab, und darf nicht mehr.
Dein ganzes Glück nun zu vollenden,
Trittst du in's Heiligthum herein;
Die Flamme in des Amors Händen
Wird wie ein Nachtlicht still und klein.
Schnell hilft der Schalck die Braut entkleiden
Und ist doch nicht so schnell wie du,
Sieht euch noch einmal an, bescheiden
Hält er zuletzt die Augen zu.

Ich schicke dir dieses kleine Gedicht, dessen Verfasser du an der Denckungsart, und an der Versifikation gar leicht erkennen wirst, um deine Meinung darüber zu hören. Mir kommt es noch so ganz artig vor.

Schreiben Sie mir immer ein Bißgen wenn Sie Zeit haben, und die haben Sie wohl immer jtzo, ob mann gleich beym Auerbachshoflärm schwören sollte es wäre keine unbeschäftigte Seele darinne. [...]

Wie steht es sonst um Sie?

Ich käme heute Abend und bäte mich bey ihm zu Gaste, wenn er nicht so früh äße, so aber mag ich nicht.

Hr. Born haben heute auf der Universitätsbibliotheck sehr figurirt. Stiefeln und schapobas steht ihm admirable. Der Hr. von Watzdorf paradirten im Sommerkleide. Die beiden Messieurs *hatten sich auf das devoteste dahin rangirt wo ihro Churfürstl. Durchl. gleich bey ihnen vorbey mußten. Sie neigten sich auf das beste, und hatten beyde die Gnade von der hohen Landsherrschaft gar nicht bemerckt zu werden, welche Ehre sodann auch der ganzen Ackademie wiederfuhr.*

31

Meine Kleine läßt ihn grüßen. Meine Nebenbuhler werden sich nächstens vice versa *ins Tollhaus bringen. Glück auf die Reise. [...]*

Leben Sie wohl! Habe ich heute Abend um halb neune nicht Antwort auf diesen Brandbrief, so bin ich selbst da.

Ein Hochzeitslied, ganz aus dem Blickwinkel des auf die Erfüllung all seiner Begierden hoffenden Bräutigams geschrieben, bzw. genaugenommen sogar aus der des mit ihm gierenden und nicht minder geilen Freundes in der Gestalt Amors. Den Absatz über *Hrn. Born* habe ich nur deshalb nicht gestrichen, weil er zeigt, dass Goethe auch sehr sarkastisch sein konnte. Der Glückwunsch für die Reise betrifft Behrischs am 13.10.1767 bevorstehende Abreise nach Dessau, wo er eine neue Stellung angenommen hatte. Der vorletzte Absatz über die *Nebenbuhler* deutet an, dass ihn das Thema Eifersucht, einmal angesprochen, nicht mehr loslässt. Der folgende, undatierte, höchstwahrscheinlich jedoch ebenfalls im Oktober 1767 geschriebene Brief zeigt, wie sich das Liebes- und Eifersuchtsdrama weiter zuspitzt:

Noch so eine Nacht, wie diese Behrisch, und ich komme für alle meine Sünden nicht in die Hölle. Du magst ruhig geschlafen haben, aber ein eifersüchtiger Liebhaber, der ebensoviel Champagner getruncken hatte, als er brauchte um sein Blut in eine angenehme Hitze zu setzen und seine Einbildungskraft aufs äuserste zu entzünden! Erst konnt ich nicht schlafen, wälzte mich im Bette, sprang auf, Raßte; und dann ward ich müde und schlief ein; aber wie lange, da hatte ich dumme Träume von langen Leuten, Federhüten, Tobackspfeifen, Tours d'adresse, Tours de passe passe, *und darüber wachte ich auf, und gab alles zum Teufel. Darnach hatte ich eine ruhige Stunde, hübsche Träume. Die gewöhnlichen Mienen, die Wincke an der Tühre, die Küsse im Vorbeyfliegen, und dann auf einmal, Ft. Da hatte sie mich in einen Sack gesteckt. Ein rechter Taschenspielerstreich. Meerschweingen hext man wohl vom Peters tohre hinein, aber einen Menschen wie mich das ist unerhört. Aber so unwahrscheinlich es mir vorkam, so wahr fühlte ich es. Ich philosophirte im Sacke und jammerte ein duzend Allegorien im Geschmack von Schäckespear wenn er reimt. Darnach schien mirs als wenn ich weg wäre, weg von ihr, aber nicht aus dem Sacke, ich wünschte mich in Freiheit und wachte auf. Der verfluchte Sack lag mir im Kopfe. Da kam mirs auf*

einmal ein, daß ich dich nicht wiedersehen würde (denn das hatte ich
mir fest vorgenommen und binn es noch halb schlüssig) und das fühlte
ich, in einem Augenblick, da ich dem Teufel nicht 6 Pfennige gegeben
hätte meine kleine aus seinen Krallen zu kaufen, in einem Fieberpa-
roxismus da mir der Kopf taumelicht war. Ich riß mein Bett durch ein-
ander, verzehrte ein Stückgen Schnupftuch und schlief biß 8 auf den
Trümmern meines Bettpallastes. Das hieß recht wie bey einer Hencker-
mahlzeit, der Teufel geegne es euch. Sonst ist mir alles wohl bekom-
men, ausser die Dosis Taschenspielerkünste, wofür Sie sich beym
Meister in meinem Nahmen abfinden können. Thu es immer Behrisch
und räche mich und dich. Ich will weise seyn, das heißt bei einem Lieb-
haber stille seyn, es ist eine neue Aquisition zur Pistolen Sammlung die
ich diese Messe angefangen habe. Denn ein Schmollen ein Lärm wür-
de mich nichts helfen! Sie hat solche maulstopfende Redensarten die du
kennst, und da bleibt der Ankläger wie ein benet [Thor] *stehen wenn Sie*
ihm so was zu geniesen giebt. Sage du ihr immer auch was, alles was
du gestern zu mir sagtest, gebe ihr deutlich zu verstehen daß du ihre
Liebe zu mir so mittelmäsig glaubest als die Freundschaft zu dir. Sie
wird tolle werden, denn sie weiß daß du sehr tonum persuadendi *über*
mich hast. Ja apropos wann willst du hinunter gehen. Ich werde nicht
unten seyn, denn eine gewisse Art von Kälte kann auf diese und die
nächsten Tage nicht schaden, und wenn sie sich übermorgen drüber be-
klagt, so schiebe ich die Schuld auf's Wetter.

   Lebe also wohl und komme im Kohte nicht um. Wolltest du mich vor
meiner Abreise noch einmal sehen, so komme um 5. 6. zu mir, aber NB
nach der Affaire *von unten.*

   Da hast du Annetten. Es ist ein verwünschtes Mädgen. Der Sack! Der
Sack!

Dieser von Goethe nicht datierte Brief muss zwischen dem 1. und
dem 13. Oktober 1767 geschrieben worden sein. Er zeigt, wie schwierig die Beziehung zu Käthchen inzwischen geworden war, und wie sehr
sich der junge Mann mit Eifersucht gequält hat. Im übrigen geht er hier
zwar den Freund erneut um Hilfe an, aber schon im nächsten Brief ver-
dächtigte er sogar diesen, mit Käthchen geflirtet und ihn hintergangen
zu haben. Die *Pistolen Sammlung* ist wahrscheinlich bildhaft zu verste-

hen und könnte sich auf Käthchens *maulstopfende Redensarten* bezie-
hen, die er sich merken will. Bei s*einer Abreise* geht es um eine Reise
nach Dresden. Behrisch ist am 13.10.1767 zu seinem neuen Dienstherrn
nach Dessau abgereist, woraufhin der Briefwechsel zwischen den Beiden wieder intensiver wurde. Die Anspielung mit dem *Sack* zeigt, dass
in der Beziehung neben dem Thema Eifersucht auch Macht eine wichtige Rolle gespielt hat, und Goethe vielleicht zum ersten Mal der Schwä-
chere war, denn Cornelia und den drei Jahre jüngeren Bruder Jakob hatte
er *'in den Sack'* gesteckt.

Leipzig, d. 16 Octbr. 67.

*Gott weiß, ich bin so dumm, so erzdumm, daß ich gar nicht weiß wie
dumm ich binn. Meynst du denn, ich könnte mir einbilden daß du fort
bist. Das hab ich mir noch gar nicht gesagt. Ich komme zwar nicht mehr
in Auerbachshof,* [wo Behrisch während seines Aufenthaltes in Leipzig
gewohnte hatte] *wo ich sonst alle Tage lag, und das sollte doch eine
merckliche Aenderung in meinen Umständen machen; aber, es kömmt
mir so vor als ob ich eben nicht jtzt wollte, oder du mir nicht Audienz
geben könntest; und daß mirs, wenn ich gleich Heute nicht hinauf ginge,
doch Morgen nicht versagt wäre hinauf zu gehn; und so vertröst' ich
mich von einem Tage zum andern, und geh einmal in's Rosentahl, einmal
nach Waren, wo ich gestern Savavenia beynahe ersoffen wäre. Hernach
geh ich einmal zu meiner Kleinen, spiele der Abwechslung wegen einige
Scenen aus des Goldonis Verliebten, die Sie zur mehreren Erbauung
drüben nachlesen können. Ich habe heute wieder so einen dummen Auftritt gehabt, über einen dummen Zahnstocher, das nicht der Mühe wehrt
war; aber heutzutage da's einem um die Situationen so Noth tuht, sieht
man überall wo man sie herkriegt, und die kriegt ich nur vom Zahnstocher. Es ist eine schöne Sache um's Genie. Darnach versöhnt ich mich
wieder um ihr deinen Brief geben zu können. Aber warrlich nur des
Briefs wegen, ich hätte mich sonst nie wieder versöhnt. Und da gab ich
ihr den Brief, den laß sie, und verstand ihn nicht, da ging's ihr wie mir.
Warrlich die Stelle von sittsam seyn und von nie geküsst haben, das ist
griechisch für mich. Der einzige Horn, der sonst so duttend ist, der will's
verstanden haben, und meynt das wäre eine Liebeserklärung* in terminis.
*Auf alle Fälle will ich mir nicht den Kopf zerbrechen, denn das tuht weh,
sagte meine Mutter.*

Übrigens hielte ich einen kleinen Dialog, mit meinem Mädgen, an der Küchentühre, der sich besonders gut ausnahm. Da sagte sie denn, wenn ich an dich schriebe, so sollte ich dir schreiben, daß Sie am Hinausgehen nicht Schuld gewesen wäre, das wär' das erste, und zweytens, daß Sie dir für die Erspaarung des Abschieds danckte, weil sie gewiß geweint haben würde, weil sie dich lieb hätte, und da drückte sie mir die Hände und hatte die Tränen in den Augen die eigentlich deinem Abschiede bestimmt waren. Und da war sie fertig. Ich meynte aber es stündte noch mehr im Briefe, auf das mann noch mehr antworten könnte; da meynte sie, darauf könnte ich selbst antworten, und du dir zur Noht selbst weil du wohl wüßtest wie sie dächte. Über die reizende Creatur hätte sie gelacht, und bedanckte sich recht schöne daß du sie auf die Gedancken gebracht hättest warum sich so viele in sie verliebten. Das hätte sie weg daß du einer von den ansehnlichsten Philosophen seyst die sie je gekannt hätte. Ferner freute sie das Zutrauen daß du ihr die Briefe an deinen Freund so sehen liesest, und hinten drein kam der Refrein: daß sie am dummen Hinausgehen nicht schuld gewesen wäre. Punctum. Was macht denn Mamsell Auguste? die ist mir heute eingefallen, quer hinein, und da dacht ich du mußt fragen wie lebt sie? Kommen hinführo noch Briefe an mich? Hölle! das gute Mädgen haben wir seit guten 4 Wochen ganz vergessen, und wenn je ein Mädgen verdient hat, daß man an Sie denckt, so hat's die verdient. Mercke dir das. Und wenn Sie herkömmt so verlieb ich mich in sie das ist schon ausgemacht, wo ich's nicht schon binn, und da spielen wir einen Roman vice versa *das wird schöne seyn. Gute Nacht ich binn besoffen wie eine Bestie.*

Der junge Mann hat schwere Probleme damit, dass der abgereiste Freund und Ratgeber für die gewohnte Abendunterhaltung nicht mehr zur Verfügung steht. Die Beziehung zu Käthchen ähnelt der eines langjährigen Ehepaars, die sich aus Gewohnheit dahinschleppt, ohne dass Hoffnung auf eine Auffrischung erkennbar wird. Der einzige Reiz liegt in Streit und neuerlicher Versöhnung. Nebenher macht der junge Mann gedankliche Ausflüge zu möglichen Alternativen, von denen später noch andere erwähnt werden, in diesem Fall ist es *Mamsell Auguste.*

Leipzig d. 17. Octbr. 67.
Es ist noch ebensoviel Zeit, daß ich dir noch einen Brief mit der heu-

tigen Post schicken kann.

Gestern binn ich sehr närrisch gewesen, das sehe ich aus meinem Briefe, sollte ich wohl heute gescheuter seyn? Ich weiß nicht. Du hättest immer schweigen können, daß du drüben zu früh angekommen bist, es hilft uns nichts und ärgert uns nur; besonders den Horn, dem es unaufhörlich im Kopfe liegt daß du nicht noch hinuntergegangen bist. Apropos von wegen unten. Der Hr. Langer ist der Mutter und Tochter ums Tohr begegnet, mit dem Grafen, an dem sie ihn gleich kannten, Hr. Langer soll sie scharf angesehen, und sich etlichemal nach meinem Mädgen umgesehen haben, woraus die Alte nach ihrer Weltkänntniß schließen will, er sey von verliebter Complexion, die Tochter, zerbricht sich den Kopf nicht drüber, und schreibt es auf Rechnung ihres Reitzes, von dem Sie seit deinem Briefe eine hohe Idee gekriegt hat. Sie mag aber haben was für einen Begriff sie will von ihrer Schönheit (das ist das wahre von der Construcktion) so weiß sie alle Reitzungen so gegen mich zu gebrauchen die kleine Zauberinn, daß sie mich mehr als jemals festhält. Es scheint als wenn sie sich gewisse Zeitpunkte zu nutze machte, sich immer tiefer in mein Herz zu graben. Aber höre wie stehts ums deins? Erkläre dich deutlicher, wenn ich mir nicht den Kopf zerbrechen soll. Ich will deinen Brief niemanden zeigen, ich will ihn zerreißen, ob ich gleich noch nicht das geringste Billiet von dir zerrissen habe, sage mir nur was heißt das? Allen kann es vielleicht verständlich scheinen, nur ich, der ich dich kenne, oder wenigstens zu kennen glaube, kann mir keine Auslegung darüber machen. Ich habe mir wircklich den Kopf zerbrochen, und habe nichts herausgebracht als daß du sie liebst. Aber das ist nicht sehr wahrscheinlich. Laß es seyn! Du hast es halb und halb getroffen. Bedauert habe ich dich nicht, denn dazu weiß ich nicht genug, gelacht habe ich nicht, dazu fehlt mir eine Dosis Schadenfreude, daß mercke ich aber daß ich dich und sie deßwegen mehr liebe, unendlich mehr liebe, aus Zärtlichkeit und aus Stolz, kanns auch erklären wie's zugeht, wie's aber mit dir zugeht das kann ich nicht erklären.. [...]

Nun geht der briefliche Flirt über drei, mit Auguste sogar über vier Ecken. Offenbar hat Behrisch nicht mit Komplimenten Käthchen gegenüber gegeizt und dadurch Goethes Eifersucht geweckt, - gegen alle Wahrscheinlichkeit, wie er auch selbst weiß. Doch Eifersucht ist irrational und gerade der Umstand, dass andere *die kleine Zauberinn* begehrenswert finden, scheint dazu beizutragen, dass sie *sich immer tiefer in* sein *Herz* gräbt.

Leipz. d 24 Octbr. 67.

Gestern einen Brief von dir, und hier die Antwort. Ich hätte aber doch geschrieben wenn ich auch keinen gekriegt hätte; daß du es nur weißt, alle Sonnabends um 7 geht ein Brief an dich ab, wornach du dich zu richten hast.

Dein Brief ist gut, denn er ist lang, meiner wird nach diesem Massstabe nicht gut werden. Ich habe heute keine Schreiblaune.

Ich verstehe jetzo ziemlich alles, was ich mit meinem eingeschränckten Verstande schwerlich würde errahten haben, wegen des lieben und verlieben. Es ist aber eine dumme Division und ich könnte nicht eben sagen, daß es mir das angenehmste wäre wenn mein Mädgen diese hohe Liebe für einen Dritten fühlen sollte, doch sagt ein großer Dichter: Ein Herz das Einen liebt, kann keinen Menschen hassen.[56]

Was dencken Sie von diesem Sentiment, ist würcklich was wahres drinne; aber NB. im Specialfalle, daß es Amine sagt, die diesen Schluß von sich gemacht hat.

Ich habe durch mein undeutliches Schreiben den Mißverstand verursacht, daß du Roman für Romeo gelesen hast. Ja, mein wehrter Critikus, ich binn so frey gewesen einen neuen Plan zu Romeo und Julie zu machen, der mir besser scheint als Weissens seiner, doch das in parenthesi, *unter uns. Es wäre ein verfluchter Stolz wenn ich's laut sagte.*

[...] Hr. R. hat das Glück von ihr auf die Dauer geschoren zu werden weil er es mercken läßt daß er sich unter ihre Liebhaber rechnet. Sie hat darinne eine närrische Manier, sie ist dem Leutenant, auch selbst diesem ganz günstig gewesen, biß sie sich verliebt stellten, hernach wars aus, und es scheint, als obs ihre Freude wäre, ihnen die Köpfe herumzudrehen. Mir selbst macht sie's nicht besser, nur daß sie mir ihre Macht auf eine andre Facon fühlen läßt.

In einem Brief an die Schwester vom 13.10.67 hatte Goethe die am selben Tag erfolgte Abreise Behrischs erwähnt, und geschrieben: *Ich habe dem Concerte, der Commödie, dem Reiten und Fahren gänzlich entsagt, und alle Gesellschaften von jungen Leuten verlassen die mich zu einem oder dem andern bringen könnten.* Doch scheint er den Vorsatz nicht durchgehalten zu haben, denn in einem der nächsten Briefe an Behrisch berichtet er von einem glimpflich verlaufenen Reitunfall:

Leipzig d. 2 Nov. 67.

Daß du vom Sonnabend keinen Brief empfingst, wird dich gewundert haben, ohne wichtige Ursachen unterlasse ich es gewiss nie, aber es war auch eine wichtige Ursache, eine mit der wichtigsten, dem Hals-brechen, so verwandte, kurz ich binn vom Pferde gestürzt, oder eigentli-cher ich habe mich vom Pferde gestürzt, da es mit mir, einem sehr ungeschickten Reuter durchs ging, um es nicht etwa zu einem Schleifen, oder sonstigem Stürzen kommen zu lassen. Das ist ein Paragraf in dem die Figur meines Gehirns modelirt ist, verwirrt, und unzusammenhän-gend. Es ist eine betäubende Sache um ein groses unverhoftes Glück. Dieses, daß ich nicht den Hals gebrochen habe hat mich glaub ich so im Kopfe schwindlend gemacht. Aber, Gott sey Danck, ich habe mir kei-nen Schaden getan denn du kannst wohl rahten, daß ich ein aufgestoß-nes Kinn, eine zerschlagne Lippe, und ein geschellertes Auge nicht unter die grosen Schäden rechne. So lange sich mein Mädgen nicht über die Verunzierung dieses Gesichts beschweert, so lang hats gute Weege. Wenn du diese Geschichte auf eine lächerliche Weisse erzält haben willst so laß dir sie von Hornen erzälen. Was aber das allercomischte ist, ist, daß er im Anfang der erschrockenste und beängstigste war.

Das ist ein trauriger Brief, ein rechter ängstlicher Ton gegen meine launischen, närrischen Briefe. So ist's. Eine Wetterfahne die sich dreht, immer dreht, und seit einiger Zeit da der Wind meist aus Norden kömmt sich weniger dreht, aber doch immer so, daß gerne die Welt aus der Jahrszeit hinaus seyn möchte - Aber Gott versteht mich.

Meine Liebe läßt dich grüssen, ich liebe sie immer wie steets, sie mich? Ich glaub's einsweilen. Ich lebe nach deiner Vorschrifft so diät, als ein ängstlicher Junger Mensch auf Befehl seines Docktors, bey ge-wissen Vorfallenheiten. Seit dem verfluchten Abend, da wir Schnupf-tuchsdeserts hatten, habe ich keinen bey ihr zugebracht.

So leb ich, fast ohne Mädgen, fast ohne Freund, halb elend; noch ei-nen Schritt und ich binns ganz.

Liebe ist Jammer, aber ieder Jammer wird Wollust, wenn wir seine klemmende, stechende Empfindung die unser Herz ängstigt durch Kla-

gen lindern, und zu einem sanften Kützel verwandlen; ach da geht keine Wollust über den Jammer der Liebe, wenn ein Freund unser Elend hört unsre Tränen sieht, und das was wir davon zuviel haben, gottgleich wegnimmt, und durch Mittleid unsre Wunde heilt; es ist auch Wollust das Jücken einer erst zugeheilten Wunde. Aber kein Krancker kann durch eines unempfindlichen Artztes, grausames: es hat nicht viel zu sagen, mehr geängstigt werden, als ein Seelenkrancker durch einen gefühllosen Freund. Ein zurücktretendes Übel ist das gefährlichste, und es muß zurücktreten, für Schrecken zurücktreten; wenn der Krancke eine warme, sanfte Hand zu fassen hofft, und ein kalte, kalte zu fassen kriegt. O das sind Allegorien. Die Einbildungskraft gefällt sich in dem weiten geheimnißvollen Felde der Bilder herumzuschweifen, und da Ausdrücke zu suchen, wenn Wahrheit den nächsten Weg nicht gehen darf oder nicht gerne gehen möchte. Du verstehst mich. Noch einige Sentenzen und du wirst mich ganz verstehn. Treue ist nicht das einzige Erforderniß zu einem Freunde. Warum wären Freunde so selten? Einen treuen Freund gefunden haben, heißt einen ehrlichen Mann gefunden haben, und die giebts, sage der Misantrope was er will. Aber Empfindung, ist kein Werck groser, guter Grundsätze, herbey hat sie keiner philosophirt, hinweg die meisten. Sie ist keine Würckung eines guten Herzens, ein Herz kann rechtschaffen fühlen, und doch kalt seyn. Wer einem kalten Herzen warmes Elend vertraut, ist ein Tohr, wie ein Liebhaber, der am Bache ins Schilf klagt, das ihn, statt ihn zu bedauern auszischt.

Siehst du das meyn' ich, und wollte Auerbachshof wäre nicht leer. Sonst war er ein Zufluchtsort, itzt muß ich in die Feuerkugel fliehen, und, das weißt du, da war ich nie recht zu Hause.

Für einen Achtzehnjährigen eine Fülle erstaunlich reifer Gedanken, und in der Aussage *So leb ich, fast ohne Mädgen, fast ohne Freund, halb elend; noch einen Schritt und ich binns ganz,* geradezu hellseherisch, denn das Liebesdrama mit Käthchen stand kurz vor seinem Ende. Vorher erfahren wir noch etwas über seine Beweggründe:

d. 3 Nov. Morgends.

Ich hoffte heute auf einen Brief von dir, und da hab ich ihn. Es ist gut daß du wohl bist, und so nah am Himmel. [...] Ich möchte nicht Fürst seyn; er muß sich doch manchmal schämen wenn er seine Gemahlinn bedächtig ansieht, und sich ein paar Jahre zurück erinnert. "O möchte ich doch nie aus deinen Armen gerissen werden, möchte ich doch mein eigner Herr seyn, um jener schröcklichen Verbindung entsagen zu können die durch Interesse und nicht durch Liebe geknüpft ward. O wie hasse ich meine zukünftige Gemahlin, muß mein Herz nicht alles hassen was mich von dir entfernt. Sie mag gut seyn, man mag ihr Eigenschafften zuschreiben welche man will, aber Sie ist nicht du und in dir nur ist meine Glückseeligkeit. Ich will sie heurahten, ich muß, aber mein Herz soll sie nicht haben, dir soll nichts dieses Herz entreissen, niemand und wenn es ein Engel wäre." So redete der Fürst noch vor wenigen Jahren, in den Armen seiner Geliebten, hat er nicht so geredet; so nenne mich einen elenden nichts verstehenden Schulknaben, und hat er das gesagt, so mag ich nicht er seyn um alles. So was, von so einer Frau gesagt zu haben, würde mich toll machen, ich würde mich des Paradieses und meiner Eva unwürdig halten, und mich an den ersten Baum hängen und wenn es der Baum des Lebens wäre [...].

Der Brief bezieht sich auf ein Schreiben Behrischs, das wir nicht kennen, in dem dieser Dessauer Verhältnisse geschildert haben wird, so dass einiges dunkel bleibt. Ich habe ihn trotzdem zumteil wiedergegeben, weil hinter der Darstellung fürstlicher Verhältnisse der romantische Traum steht. *Ich möchte nicht Fürst seyn*, schreibt er, weil er dann sowohl seine derzeitige Geliebte als auch seine spätere Ehefrau belügen müsste. Die Trennung von Käthchen bringt also nicht nur ein Gefühlsproblem mit sich, wie im vorigen Brief geschildert: *Liebe ist Jammer* [...], sondern darüberhinaus auch noch ein moralisches, denn er will Käthchen keine falschen Versprechungen machen.

Leipzig d. 7. Nov. 67.

Es ist schon sechs, und um 7 geht die Post, aber ich muß dir schreiben. Liebster, es ist Sonnabend und wenn ich dir nicht schriebe, könntest du dencken mein Fall wäre gefährlicher gewesen als er ist. Ich binn ganz wiederhergestellt, und ich hoffe nicht daß es etwa heimliche Fol-

gen möge gehabt haben. *Eine Uhr steht oft nicht gleich stille, wenn wir sie fallen lassen, nach einem halben Jahre bemercken wir manchmal Unrichtigkeiten deren Grund wir nicht einzusehen wissen und - Das sind traurige Betrachtungen, die ich nie, und am wenigsten jetzt machen sollte, da ich komme das größte Glück gehabt zu haben, daß sich ein Mensch von meiner, von Unsrer Empfindung wünschen kann. Ja Behrisch ich habe meine Jetty eine Halbestunde ruhig, ohne Zeugen unterhalten, ein Glück daß ich jetzt manchmal genieße, sonst nie genoß. Diese Hand die jetzt das Papier berührt um dir zu schreiben, diese glückliche Hand drückte sie an meine Brust. O Behrisch es ist Gift in denen Küssen! Warum müssen sie so süse seyn! Sieh' diese Seeligkeit habe ich dir zu dancken. Dir! Deinem Raht, deinen Anschlägen. So eine Stunde! Was sind tausend von den runzlichten, todten, mürrischen Abenden gegen sie? Und diese Stunde bin ich dir schuldig, ich wüßte niemanden dem ich sie lieber schuldig wäre als dir. Gott segne dich! Ich bete oft für dich wenn ich im Himmel binn, dort binn ich, wenn sie mich in ihren Armen hält. Ich sage mir oft: wenn sie nun deine wäre, und niemand als der Tod dir sie streitig machen, dir ihre Umarmung verwehren könnte? Sage dir was ich da fühle, was ich alles herumdencke - und wenn ich am Ende bin; so bitte ich Gott, sie mir nicht zu geben. Ist je ein Gebet erhört worden, so wirds dieses, und die Erfüllung brauchte - pfuy das ist ein häßlicher gotteslästerlicher Gedancke, ein Gedancke, der das Gebet zu verdrängen gerichtet ist. So geht's im Glück, so lange das mit uns hält, so lange halten wir selten mit unserm Herregott.*

Sieh wie ich ernsthaft geworden binn. Das arrivirt mir oft. Ich habe dir viel über meinen Seelen Zustand zu schreiben, nur jetzt nicht, die Zeit ist zu kurz. [...] Ich bin bey Fritzgen gewesen, die ganz eingezogen geworden ist. So sittsam, so tugendhaft. Ich wette sie verliebt sich in mich, wenn ich noch etlichemal herauskomme faute de quelque chose de mieux. [Mangels besserem.] *Sie ist abscheulich erber* [ehrbar], *erber im eigentlichen Verstande. Kein nackend Hälsgen mehr, nicht mehr ohne Schnürbrust, daß es mir ordentlich lächerlich tuht. Sie ist manchmal Sonntags alleine zu Hause. Vierzehn Tage Vorbereitung und so ein Sonntag sollten die Erberkeit von dem Schlosse wegjagen, und wenn zehen solche Injenieurs zehen solche Halbejahre an der Befestigung gearbeitet hätten. Würklich Avenarius hat sie etwas besser gemacht das muß ich ihm nachsagen. Könnte ich's aber nur ungestraft tuhn und stünden im Brühle nicht einige Nägel und Stricke parat, wann man so etwas erführe, so würde ich die* affaire *des Teufels übernehmen, und das gute Werck zu nichte machen. Kennst du mich in diesem Tone Behrisch? Es ist der Ton eines siegenden iungen Herrn. Und der Ton, und ich zusammen! Es ist komisch. Aber ohne zu schwören ich unterstehe mich schon ein Mädgen zu verf— wie Teufel soll ich's nennen.* Genug *Monsieur, alles was sie von dem gelehrichsten und fleißigsten ihrer Schüler erwarten können.*

Ich finde bey der Durchlesung den Schluß meines Briefes sehr toll. Ich habe nicht Zeit noch ein Blatt zu nehmen. Gute Nacht.

Aus diesem Brief geht hervor, dass der junge Goethe sogar an die Möglichkeit einer Eheschließung mit Käthchen - hier wie sonst nirgends *Jetty* genannt - gedacht hat: *Ich sage mir oft: wenn sie nun deine wäre, und niemand als der Tod dir sie streitig machen, dir ihre Umarmung verwehren könnte?* Aber er kann sich nicht dazu entschließen: *wenn ich am Ende bin; so bitte ich Gott, sie mir nicht zu geben.*

Fritzgen ist vermutlich ein Mädchen, mit dessen Hilfe Goethe sich von seinem Unglück ablenken wollte. Aber man ahnt, dass es mit der Vorbereitung und Ausführung des Vorhabens, *ein Mädgen zu verführen*, längst nicht so einfach bestellt ist, wie er prahlerisch behauptet. Schon das Wort "verführen" scheint ihm derart schändlich, dass sich die Feder sträubt, es auszuschreiben. Sofort fällt ihm auch der Teufel ein. Dass diese Ablenkungsmanöver nicht funktionieren, sehen wir am folgenden Brief, den er zwar im November schreibt, aber - offenbar ziemlich durcheinander - auf den Oktober datiert:

Dienstags d 10 Octb [November] *67.*

Es ist gut daß ich heute einen Brief von dir gekriegt habe. Sieh ich antworte auch gleich, ob du gleich dieses Blat erst Sonnabends kriegen sollst.

Abends um 7 Uhr.

Ha Behrisch das ist einer von den Augenblicken! Du bist weg, und das Papier ist nur eine kalte Zuflucht, gegen deine Arme. O Gott, Gott. - Laß mich nur erst wieder zu mir kommen. Behrisch, verflucht sey die Liebe. O sähst du mich, sähst du den elenden wie er raßt, der nicht weiß gegen wen er raßen soll, du würdest jammern. Freund, Freund! Warum hab ich nur Einen?

Mein Blut läuft stiller, ich werde ruhiger mit dir reden können. Ob vernünftig? das weiß Gott. Nein, nicht vernünftig. Wie könnte ein Toller vernünftig reden. Das bin ich. Ketten an diese Hände, da wüßte ich doch worein ich beissen sollte. Du hast viel mit mir ausgestanden, stehe noch das aus. Das Geschwätze, und wenn dir's Angst wird, dann bete, ich will Amen sagen, selbst kann ich nicht beten. Meine - Ha! Siehst du! Die ist's schon wieder. Könnte ich nur zu einer Ordnung kommen, oder käme Ordnung nur zu mir. Lieber, lieber.

Horn war da, ich hatte ihn herbestellt mir etwas vorzulesen, ich habe ihn abweisen lassen, er glaubt ich lege im Bette. Der muß mich nicht stören wenn ich mit dir rede. Er ist ein guter Junge, aber wenn's auf's stören ankömmt, da ist er ein Meister drinne. - Tausend Sachen, und nicht die rechte. O Behrisch. Behrisch! Mein Kopf. [...]

Ich habe mir eine Feder geschnitten um mich zu erholen. Laß sehen ob wir fortkommen. Meine Geliebte! Ah sie wird's ewig seyn. Sieh Behrisch in dem Augenblicke da sie mich rasen macht fühl ich's. Gott, Gott warum muß ich sie so lieben. Noch einmal angefangen. Annette macht - nein nicht macht. Stille, stille ich will dir alles in der Ordnung erzählen.

Am Sonntage, ging ich nach Tische zu Docktor Hermann, und kehrte um drey zu S[chönkopfs] zurück. Sie war zu Obermanns gegangen, ich wünschte mich zum erstenmale in meinem Leben hinüber, wußte aber kein Mittel, und entschloß mich zu Breitk[opfs] zu gehen. Ich ging, und hatte oben keine Ruhe. Kaum war ich eine Viertelstunde da, so sagt' ich der Mamsell, ob sie nichts an Oberm. wegen der Minna zu bestellen hätte. Sie sagte nein. Ich insistirte. Sie meynte ich könnte da bleiben, und ich, daß ich gehen wollte. Endlich, von meinen Bitten erzürnt schrieb sie ein Billiet an Mams. Ob. gab mir's und ich flog hinunter. Wie vergnügt hoffte ich zu seyn. Weh ihr! Sie verdarb mir diese Lust. Ich kam Mams. O. erbrach das Billiet, es enthielt, folgendes:

'Was sind die Manspersonen für seltsame Geschöpfe. Veränderlich, ohne zu wissen warum. Kaum ist Herr Goethe hier so giebt er mir schon zu verstehen daß ihm Ihre Gesellschafft lieber ist als die meinige. Er *zwingt mich ihn etwas aufzutragen und wenn es auch nichts wäre. So böse ich auch auf ihn deßwegen binn, so weiß ich ihm doch Danck, daß er mir Gelegenheit giebt Ihnen zu sagen daß ich beständig sey*

Die Ihrige.'

Mamsell O. nach dem sie den Brief gelesen hatte, versicherte mir daß Sie ihn nicht verstünde, mein Mädgen laß ihn, und anstatt daß sie mich für mein Kommen belohnen, mir für meine Zärtlichkeit dancken sollte, begegnete sie mir mit solchem Kaltsinn daß es der O. so wohl, als ihrem Bruder mercklich werden mußte. Diese Aufführung die sie den ganzen Abend, und den ganzen Montag fortsetzte verursachte mir solches Aergerniß, daß ich Montags Abends in ein Fieber verfiel, das mich diese Nacht mit Frost und Hitze entsetzlich peinigte, und diesen ganzen Tag zu Hause bleiben hieß - Nun! O Behrisch verlange nicht daß ich es mit kaltem Blute erzähle. Gott. - Diesen Abend schicke ich hinunter, um mir etwas holen zu lassen. Meine Magd kommt und bringt mir die Nachricht daß Sie mit Ihrer Mutter in der Commödie sey. Eben hatte das Fieber mich mit seinem Froste geschüttelt, und bey dieser Nachricht wird mein ganzes Blut zu Feuer! Ha! In der Comoedie! Zu der Zeit da sie weiß daß ihr Geliebter kranck ist. Gott. Das war arg; aber ich verzieh's ihr. Ich wuste nicht welch Stück es war. Wie? sollte sie mit denen in der Comödie seyn. Mit denen! Das schüttelte mich! Ich muß es wissen. - Ich kleide mich an, und renne wie ein Toller nach der Comödie. Ich nehme ein Billiet auf die Gallerie. Ich bin oben. Ha! ein neuer Streich. Meine Augen sind schwach, und reichen nicht biß in die Logen. Ich dachte rasend zu werden, wollte nach Hause laufen, mein Glas zu holen. Ein schlechter Kerl, der neben mir stand riß mich aus der Verwirrung, ich sah daß er zwey hatte, ich bat ihn auf das höflichste, mir ein's zu borgen, er taht's. Ich sah hinunter und fand ihre Loge - Oh Behrisch -.

Ich fand ihre Loge. Sie saß an der Ecke, neben ihr ein kleines Mädgen, Gott weiß wer, dann Peter, dann die Mutter. - Nun aber! Hinter ihrem Stuhl Herr Ryden, in einer sehr zärtlichen Stellung. Ha! Dencke mich! Dencke mich! auf der Gallerie! mit einem Fernglaß -, das sehend! Verflucht! Oh Behrisch ich dachte mein Kopf spränge mir für Wuht. Man spielte Miss Sara. Die Schulzen machte die Miss, aber ich konnte nichts sehen, nichts hören, meine Augen waren in der Loge, und mein Herz tanzte. Er lehnte sich bald hervor, daß das kleine Mädgen das neben ihr saß nichts sehen konnte. Bald trat er zurück, bald lehnte er sich über den Stuhl und sagte ihr was, ich knirschte die Zähne und sah zu. Es kamen mir Tränen in die Augen, aber sie waren vom scharfen sehen, ich habe diesen ganzen Abend noch nicht weinen können. - Hernach dacht ich an dich, ich schwöre es dir, an dich, und wollte nach Hause gehen, und dir schreiben, und da hielt mich der Anblick wieder, und ich blieb. Gott, Gott! Warum mußte ich sie in diesem Augenblicke entschuldigen. Ja das taht ich. Ich sah wie sie ihm ganz kalt begegnete, wie sie sich von ihm wegwendete, wie sie ihm kaum antwortete, wie sie von ihm importunirt schien. Das alles glaubte ich zu sehen. Ah mein Glas schmeichelte mir nicht so wie meine Seele, ich wünschte es zu sehen! O Gott und wenn ich's würcklich gesehen hätte, wäre Liebe zu mir nicht die letzte Ursache, der ich dieses zuschreiben sollte.

Es schlägt neune, nun wird sie aus seyn, die verdammte Comoedie. Fluch auf sie. Weiter in meiner Erzälung. So saß ich eine Viertelstunde und sah nichts als was ich in den ersten fünf Minuten gesehen hatte. Auf ein mal faßte mich das Fieber mit seiner ganzen Stärcke, und ich dachte in dem Augenblicke zu sterben; ich gab mein Glaß an meinen Nachbaar, und lief, ging nicht aus dem Hause - und binn seit zwey Stunden bey dir. Kennst du einen unglücklicheren Menschen, bey solchem Vermögen, bey solchen Aussichten, bey solchen Vorzügen, als mich, so nenne mir ihn und ich will schweigen. Ich habe den ganzen Abend vergebens zuweinen gesucht, meine Zähne schlagen an einander, und wenn man knirscht, kann mann nicht weinen.

Wieder eine neue Feder. Wieder einige Augenblicke Ruhe. O mein Freund. Schon das dritte Blat. Ich könnte dir tausend schreiben, ohne müde zu werden. Ohne fertig zu werden. Welcher Elender hat sich je satt geklagt.

Aber ich liebe sie. Ich glaube ich träncke Gift von ihrer Hand. Verzeih mir Freund. Ich schreibe warlich im Fieber, warrlich im Paroxismus. Doch laß mich schreiben. Besser ich lasse hier meine Wuht aus, als daß ich mich mit dem Kopf wider die Wand renne.

Ich habe eine Viertelstunde auf meinem Stuhle geschlafen. Ich binn würcklich sehr matt. Aber das Blatt muß diesen Abend noch voll werden. Ich habe noch viel zu sagen.

Wie werde ich diese Nacht zu bringen? dafür graut's mir. Was wer-
de ich morgen tuhn? das weiß ich. Ich werde ruhig seyn biß ich ins Hauß
trete. Und da wird mein Herz zu pochen anfangen, und wenn ich sie
gehen oder reden höre, wird es stärcker pochen, und nach Tische werd'
ich gehen. Seh ich sie etwa, da werden mir die Tränen in die Augen kom-
men, und werde dencken: Gott verzeih dir wie ich dir verzeihe, und
schencke dir alle die Jahre, die du meinem Leben raubst, das werde ich
dencken, sie ansehen, mich freuen daß ich halb und halb glauben kann
daß sie mich liebt, und wieder gehen. So wird's seyn morgen, über-
morgen, und immer fort.

Sieh Behrisch, die Sara sah ich einmal mit ihr. Wie unterschieden
von heute. Es waren ebendieselben Scenen, eben die Acteurs, und ich
konnte sie heute nicht ausstehn. Ha! alles Vergnügen liegt in uns. Wir
sind unsre eigne Teufel, wir vertreiben uns aus unserm Paradiese.

Ich habe wieder geschlafen, ich binn sehr matt. Wie wird's morgen
seyn. Mein armer Kopf dreht sich. Morgen, will ich ausgehen, und sie
sehn. Vielleicht hat ihre ungerechte Kälte gegen mich nachgelassen. Hat
sie's nicht so binn ich gewiss, einen gedoppelten Anfall von Fieber mor-
gen abend zu kriegen. Es sey! Ich binn nicht meht Herr über mich. Was
taht ich neulich als ich von meinem unbändigen Pferde weggerissen
ward? Ich konnte es nicht einhalten, ich sah meinen Todt, wenigstens
einen schröcklichen Fall vor Augen. Ich wagt' es, und stürzte mich her-
unter. Da hatte ich Herz. Ich binn vielleicht nicht der herzhafteste, binn
nur gebohren in Gefahr herzhaft zu werden. Aber ich binn jetzt in Ge-
fahr, und doch nicht herzhaft. Gott! Freund! weißt du was ich meyne?
Gute Nacht. Mein Gehirn ist in Unordnung. O wäre die Sonne wieder
da! Unzufriedenheit! Ich weiß warrlich nicht mehr was ich schreibe.

Mitwochs 11. November früh.
Ich habe eine schröckliche Nacht gehabt. Es träumte mir von der Sa-
ra. O Behrisch, ich bin etwas ruhiger, aber nicht viel. Ich werde sie heute
sehen. Wir probieren unsre Minna bey Owerm[anns] und sie wird drü-
ben seyn. Ha, wenn sie fortführe sich kalt gegen mich zu stellen! Ich
könnte sie strafen. Die schröcklichste Eifersucht sollte sie quälen. Doch
nein, nein, das kann ich nicht.

Gestern um diese Zeit, wie war das anders als jetzt. Ich habe meinen Brief wieder durchgelesen und würde ihn gewiß zerreissen, wenn ich mich schämen dürfte, vor dir in meiner eigentlichen Gestalt zu erscheinen. Dieses heftige Begehren, und dieses eben so heftige Verabscheun, dieses Rasen und diese Wollust werden dir den Jüngling kentlich machen, und du wirst ihn bedauern.

Gestern machte das mir die Welt zur Hölle, was sie mir heute zum Himmel macht - und wird so lange machen, biß es mir sie zu keinem von beyden mehr machen kann.

Sie war bey O[bermanns] und wir waren eine viertelstunde allein. Mehr braucht es nicht um uns auszusöhnen. Umsonst sagt Schäckesp[ear] Schwachheit dein Nahme ist Weib, eh würde man sie unter dem Bilde des Jünglings kennen. Sie sah ihr Unrecht ein, meine Kranckheit rührte sie und sie fiel mir um den Hals, und bat mich um Vergebung, ich vergab ihr alles. Was hätte ich zu vergeben, in Vergleich des was ich ihr in diesem Augenblicke vergeben haben würde.

Ich hatte Stärcke genug ihr meine Narrheit mit der Comödie zu verbergen. Siehst du, sagte sie, wir waren gestern in der Comödie, du mußt darüber nicht böse seyn. Ich hatte mich ganz in die Ecke der Loge gerückt, und Lottchen neben mich gesetzt, daß er ja nicht neben mich kommen sollte. Er stand immer hinter meinem Stuhle, aber ich vermied so viel ich konnte mit ihm zu reden, ich plauderte mit meiner Nachbarinn in der nächsten Loge, und wäre gern bey ihr drüben gewesen. - O Behrisch, das alles, hatte ich mir gestern überredet, daß ich es gesehen hätte und nun sagte sie es mir. Sie! Um meinen Hals gehangen. Ein Augenblick Vergnügen ersetzt tausende voll Quaal, wer möchte sonst leben, mein Verdruß war vorbey, ein vergangnes Übel ist ein Gut. Die Erinnerung überstandner Schmerzen, ist Vergnügen. Und so ersetzt! mein ganzes Glück in meinen Armen. Die schöne Schaam, die sie ohngeachtet unsrer Vertraulichkeit so oft ergreift, daß die mächtige Liebe, sie wider das Geheiß der Vernunft in meine Arme wirft; die Augen die sich zu drücken, so oft sich ihr Mund auf den meinigen drückt, das süße Lächeln in den kleinen Pausen unsrer Liebkosungen, die Röhte, die Schaam, Liebe, Wollust, Furcht, auf die Wangen treiben, dies zitternde Bemühen sich aus meinen Armen zu winden, das mir durch seine Schwäche zeigt, daß nichts als Furcht, sie je herausreissen würde. Behrisch, das ist eine Seeligkeit, um die man gern ein Fegfeuer aussteht. Gute Nacht, mein Kopf schwindelt mir wie gestern, nur von was anders. Mein Fieber ist heute ausgeblie- ben, so lang es so gutes Wetter bleibt wird es wohl nicht wieder kommen. Gute Nacht.

Könnte man das Rasen eines unglücklich Verliebten anschaulicher schildern? Auf Liebesentzug reagiert er mit *Fieber* .... Aber der Anlass erscheint nichtig, und die Motive werden nicht besonders deutlich. Er selbst fühlt sich wie *ein Toller*, d.h. das Missverhältnis zwischen den Ereignissen und seinen Reaktionen ist ihm durchaus bewusst. Er weiß sich aber nicht zu helfen. Allerdings wird man das Gefühl nie ganz los, dass immer auch eine Art von Schauspielerei oder Selbstbespiegelung eine Rolle spielt, denn wenn die Gefühle wirklich so gewaltig gewesen wären, wie er sie darstellt, würden sie kaum so schnell den Weg auf das Papier gefunden haben. Diesen Verdacht nährt er mit verschiedenen Be-merkungen, wie z.B. in dem Brief an Cornelia vom 27.9.1766, wo er zugibt: il y a quelquefois des manieres poetiques dans mes descriptions qui aggrandisent les faits [manchmal ist da etwas Poetisches in meinen Beschreibungen, das die Tatsachen vergrößert], aber auch mit der folgenden Bemerkung in demselben Brief an Behrisch:

Freytags 13. November um 11. Nachts.
Mein Brief hat eine hübsche Anlage zu einem Werkgen, ich habe ihn wieder durchgelesen, und erschröcke vor mir selbst. Ich weiß nicht warum ich jetzt schreibe. Gute Nacht. Es war nur um dir gute Nacht zu sagen.

Aber kein Zweifel, es ist nicht nur Komödie, sondern echtes Leid und echte Freude. Doch man fragt sich unwillkürlich: Was steckt dahin-ter? Denn soviel müsste inzwischen klar geworden sein: Was Goethe schildert, gleicht einer Projektion auf eine Kinoleinwand. Die eigentli-chen Ursachen des Geschehens liegen woanders. Versuchen wir der Sa-che auf den Grund zu gehen: Käthchen war zu Obermanns gegangen, d.h. ihre Abwesenheit macht ihn nervös. Um sich abzulenken, ent-schließt er sich, zu Breitkopfs zu gehen. Aber auch dort findet er keine Ruhe. Jetzt denkt er sich die Geschichte mit dem Billet aus, um einen Vorwand zu haben, Käthchen bei Obermanns aufzusuchen. Die Sache gelingt nicht besonders gut, denn Käthchen reagiert nicht so liebevoll wie er sich das erhofft hat. Sie belohnt ihn nicht für sein Kommen, dankt ihm nicht für seine Zärtlichkeit, begegnet ihm mit solcher Kälte, dass die anderen es merken müssen. Neben dem Liebesverlust muss er auch noch einen Gesichtsverlust hinnehmen. Infolgedessen wird er wieder krank; vom Fieber war schon öfter die Rede. Der Liebesentzug trifft ihn schwer, und sein geheimes Motiv, durch die Krankheit liebevolle Fürsorge zu provozieren, führt ebensowenig zum Erfolg wie der Trick mit dem Billet. Käthchen fühlt sich für sein Fieber nicht (mehr) zuständig und geht in die Komödie, er ihr hinterher. Da Käthchen das Spiel zu genießen scheint, in dem sie inzwischen die besseren Karten hat, kommt es auch diesmal wieder noch zu einer Versöhnung, die ihn sein Unglück für eine Weile vergessen lässt. Sie weiß, daß sie ihn mit jeder Zuwendung versöhnen kann. Sie hält die Macht in Händen, ihn glücklich oder unglücklich zu machen, ganz wie es ihr beliebt. Was immer sie tut, er wird weiter hoffen: *Vielleicht hat ihre ungerechte Kälte gegen mich nachgelassen.*

Sonnabends. [14. November

Ich hoffe daß dieses das letzte Blat seyn wird. Noch einige Punckte, auf deinen Brief.

Von Augusten ist noch kein Brief da. Das gute Mädgen. Wäre sie hier, ich wollte sie trösten. Trösten, im eigentlichen Verstande. Sieh, ich habe sie lieb, ob ich gleich ihr zu Liebe nicht das Fieber kriege. Guter Junge, ich will sie noch sehen. Sie wird wohl so gut seyn und warten biß ich nach Dreßden komme, und geht sie nach Eulenburg; so geb ich mich für einen Stud. Theol. aus und besuche den Papa. Ach ich bin sehr närrisch.

Ich will dir wohl das Clavier geben, doch ich tuh's hinter meinem Vater, und da ists gefährlich. Wegen des Preises, weist du schon wie ich dencke, ist eine Sache mein, und mein Mädgen oder mein Freund feilscht drum so ist sie gewiß um den wohlfeilsten Anschlag zu haben. Unsre Väter dencken anders, Sie lassen sich für die Sprichwörter todtschlagen, Handel leidet keine Freundschaft. Das dumme Ding hat gewiß ein Mäckler erfunden, oder ein Jude erfunden. Du siehst also was ich da tuhn kann, wenn ich etwas verkaufe das nicht mein gehört. Wenn ich dir's noch gebe, wie ich hoffe, so ist dein Gebot gut, und mit dem Zahlungs Termin hat's auch keine Eile. [...].

Annette grüßt dich. Ich dencke, nun hörte ich auf, Zwey Bögen. Lieber Gott was für ein Geschreibe. Ich hab's wieder durchgelesen, und glaube, daß es dich von jedem Fremden divertiren würde, allein deinen Freund wirst du bedauern. Es ist wahr ich bin ein groser Narr, aber auch ein guter Junge, Annette meynts, meynst du es nicht auch.

Die Nachschrift zeigt, dass nun erst einmal wieder etwas Ruhe in sein Gemüt eingekehrt ist. Auch an andere Frauen kann er wieder denken; Auguste ist eine Dresdener Freundin Behrischs, auf die Goethe öfter anspielt. Das Klavier liefert ein Beispiel seines damaligen Desinteresses für Sachwerte und seiner Großzügigkeit gegenüber Freunden.

Leipzig d. 20 Nov. 1767.

Einen launischen Abend Behrisch! Sollte ich ihn nicht anwenden an dich etwas zu schreiben. Morgen ist Brieftag. Ich bin heute schon Zwölf Stunden dumm. Dein Brief ist ein guter Brief, ich habe Hornen einige Nutzanwendungen daraus vorgelesen, und er meynt, wenn ich immer dem was du gesagt, gefolgt hätte, und immer dem was du schriebest folgte; so könnte ich einer von den glücklichsten Menschen werden. Ich fühle der Junge redet wahr und doch kann ich weder dir noch ihm folgen. Mittlerweile etwas zur Geschichte des Herzens. Wir haben oft geredet, warum sie mich lieben möchte? Wir haben viel Stolz in ihren Bewegursachen zu finden geglaubt, was meynst du daß folgende Bemerckung bewieße. Seit einiger Zeit da ich sie des Abends nicht sehen konnte hat sie mir zwar alle Zärtlichkeit bezeigt, ist unruhig gewesen wenn ich einmal des Nachmittags nicht kam; allein sie plagte mich mit gar keiner Eifersucht, mit keinem Zweifel, das hieß, die Heftigkeit der Liebe hatte gegen sonst viel nachgelassen. Seit 4 Wochen, da sich die Geschichte mit der Minna angesponnen hat, da ich öftrer zu Obermanns zu Breitkopfs komme, ist das Feuer wieder mit aller Heftigkeit ausgebrochen. Eine Eifersucht, die oft biß zur Wuht geht, ein Argwohn, ein Neid der biß dahin geht daß sie nicht erfahren darf daß ich eine Hand geküßt habe, macht sie und mich elend. Es ist wahr sie ist seit etlichen Tagen unendlich elend, und das Mitleiden das ich mit ihr habe macht daß ich soviel Geduld habe. Was meynst du Behrisch sollte es nicht bloser Stolz seyn, daß sie mich liebt. Es vergnügt sie einen stolzen Menschen wie ich bin an ihrem Fusschemel angekettet zu sehen. Sie hat

weiter nicht auf ihn acht so lang er ruhig liegt, will er sich aber loßrei-
sen, dann fällt er ihr erst wieder ein, ihre Liebe erwacht wieder mit der
Aufmercksamkeit.

Der vorstehende Brief braucht eigentlich keinen Kommentar; er
spricht für sich selbst. Aber ich will zumindest auf die Selbstcharakte-
risierung als eines *stolzen Menschen* hinweisen.

Sonnabends.

Der Brief muß heute fort und ich habe nicht grosen Trieb zum Schrei-
ben. Apropos wenn du mein Schäferspiel sehen solltest, du würdest es
nicht mehr kennen, es sind nicht hundert Verse stehen geblieben, alles um-
geschmolzen. Bald wird es ganz performirt seyn. Ich habe ein neues Lust-
spiel angefangen, der Tugendspiegel betittelt, in einem Ackt in Prosa.

Minna von Barnhelm ist zweymal auf dem Kochischen Theater seit
ehe vorgestern aufgeführt worden, und hat sich fürtrefflich ausgenom-
men. Ich habe einen Brief von meiner Schwester gekriegt davon ich dir
nächstens ein excerptum *schicken will, er enthält wieder ganz sonder-*
baare Dinge.

Mein Mädgen ist mit der Breitkopfen [Konstanze, 1748-1818] *bekannt*
geworden, und haben einander sehr lieb gewonnen. Das närrischste ist
die Art womit mir die Breitkopf erklärte daß sie Annetten gut wäre. Ich will
dir sie erzälen. An einem Abende da ich bey Breitkopfs war schien sie mir
etwas zu sagen zu haben, woran sie die Gegenwart der Brüder hinderte,
ich schaffte sie fort, und sie fing mit etwas Verwirrung an: "Ich habe be-
merkt, daß Sie immer schlimm und niemals gut von Frauenzimmern gere-
det haben." Ich verteidigte mich mit launischen Einfällen, doch sie fuhr
fort: "Das hat mich auf die Gedancken gebracht daß Sie gar kein gutes
Mädgen kennten; allein ich binn überzeugt daß Sie welche kennen." Ich
fuhr in meinem ersten Tone fort, und wir wurden unterbrochen. Beym Ab-
schied kriegte sie mich bey der Hand und zog mich bey Seite. "Ich habe
Ihnen einen Auftrag zu geben", sagte sie "wollen Sie ihn ausrichten - Recht
gerne - "nun so sagen Sie Mdll. Schönkopf daß ich sie recht herzlich liebe,
und daß ich recht böß auf Sie binn, daß Sie mir nie ein Wort gesagt haben
was für ein liebenswürdiges Frauenzimmer sie ist" -

Ich ging. Adieu. Was denckst du hiervon. O ich hätte dir noch viel zu
sagen.

51

In diesem Brief verdient vor allem die Aussage hervorgehoben zu werden, wonach Goethe sich abfällig über Frauen geäußert haben soll. Er widerspricht dem Vorwurf nicht, so dass er stimmen könnte. Und das könnte bedeuten, dass der junge Goethe auch im Verhältnis zu Frauen mit Abwertung operiert hat, um Herausforderungen seines "Stolzes" zu begegnen.

Leipzig d. 27 Novemb. 67.

So viel ich jetzo wegen der morgenden Auffürung der Minna zu tuhn habe, will ich doch ein Blätgen an dich ausarbeiten.

Im Frieden werden die Zeitungen kleiner, wie nach der Messe die Tohrzettel, und wie meine Briefe nach einer ruhigen Woche. Wir haben würklich diese Woche in einem dummen Frieden gelebt. Hinfüro wirst du immer wünschen kurze Briefe zu empfangen.

Annette wird morgen Bey der Vorstellung seyn, binn ich darum gebessert? Die nächste Woche erwarte ich ein ewiges Genecke; denn die Obermann wird Hannchen und ich Micheln zum Nachspiele machen. Doch ich will nach deinen Nutzanweisungen bey der Sache verfahren. Um von was andern, aber doch nicht ganz unterschiednen zu reden schicke ich dir eine Scene aus dem Tugendspiegel.

Leipzig d. 4. Dec. 1767.

Hören Sie nur Mosier Behrisch wenn Sie hinführo mich solange warten lassen, und mir hernach so ein miserables Briefgen schicken; so werde ich mich revangiren, und meine sonnabendliche Postreuter, besonders bey jetzigem Schneegestöber spaarsamer ausschicken. Ich schreibe da eine Scene, (wenigstens ein Stück davon) mit vieler Mühe ab, und zu allem Dancke vergleicht sie der Herr mit dem Medon *[Stück von Clodius]. Nun wahrhaftig du sollst weder das übrige von dieser Scene noch das ganze Stück zu sehen kriegen, wenns fertig ist. Hätte ich Kinder, und einer sagte mir: sie sehen diesem oder jenem ähnlich, ich setzte sie aus wenn's wahr wäre, und wäre es nicht wahr so sperrte ich sie ein; alle meine Scenen will ich verbrennen wenn sie dem* Medon *ähnlich sehen. Hiermit wär's also alle und ich behalte meine Comödie für mich.*

Ehe ich aus Leipzig gehe mache ich ein Legat, daß Medon *alle Jahre auf meinen Geburtstag umsonst gespielt werden soll.*

Hier schicke ich dir mein letztes Gedicht. Ich halte es für gut, und es soll in den zweyten Teil meiner Wercke kommen. Höre, ich will dir mit dem Claviere ein Reißzeug schicken, schreibe mir doch die Oden an dich und das kleine Hochzeitsgedicht und dieses auf die Lagen ab, die du noch drüben hast. Hübsch, aber ohne Vignetten, nur mit blosen Strichelgen. Der Kasten zum Claviere soll 1:8 gr. kosten. Du sagtest mir ja einmal was von Fuhrleuten die du kenntest, schreibe mir, was du weißt.

Ich habe seit deiner Abreise sonst gar nichts gemacht. Mein Schäferspiel liegt gar, ob es gleich ziemlich fertig ist, und mir an einigen Stellen selbst gefällt.

Was macht Auguste? Ich binn willens ihr den zweyten Teil zu dediciren, und nach ihrem Nahmen zu nennen, ich liebe das Mädgen recht sehr. [...]

Von Zerbster Bier weiß man auf dem Rahtskeller gar nichts, so wenig als man darauf von gutem Biere weiß. Übrigens kriegt man es jetzo in Leipzig höchstens nur par rencontre *und für diesesmal kann ich keinen ausfündig machen der es hätte.*

Schreibe mir doch etwas wie es in Dessau dir geht. Ich schreibe dir immer so viel von mir, und du schreibst mir gar nichts von dir. Ich glaube gar du bist in Dessau vornehm geworden. Es ist wahrscheinlich. Wenigstens lässest du mich gar keinen Anteil an deinem Schicksaal nehmen, und mich muhtmasen daß du eben so wenig an meinem nimmst. Wenn ich alle deine Briefe an mich durchsehe; so finde ich wenig, oder nichts von deinem Zustande das du nicht eben so gut jedem Fremden hättest schreiben können. Freylich mag dein Briefwechsel mit Langern interessanter seyn. Er hütet sich zwar sehr mir was davon zu sagen, aber Ein Wort, Zwey Worte und ich habe genug eine ganze Reihe zu rahten. Es ist gut wenn man zwey Freunde in einer Stadt hat, wo es manchmal was zu bestellen gibt, der eine besorgt die wichtigsten Angelegenheiten und der andre das Zerbster Bier; und so hat jeder in seinem Departement seine Aufträge. Sie richten sich nun natürlicher Weise nach der Fähigkeit der Personen, Und nicht etwa pp.

Noch so einen ganzen Bogen würde ich voll schreiben wenn ich an mein Mädgen schriebe; aber gegen dich will ich barmherziger seyn. Daß ich böse binn, kannst du aus dem was ich geschrieben habe schon sehen;

53

warum ich böse binn wirst du auch sehen, und halb auch nicht, denn halb weiß ich es selbst nicht. Ich binn nun in einer übeln, sehr übeln Laune. Jeden andern Tag würde ich vielleicht anders geschrieben haben. Auch gut so. Was geschrieben ist ist geschrieben. Lebe wohl und liebe mich.

Die Eifersucht plagte ihn also auch in seinen Beziehungen zu Freunden. Behrischs Reaktion war aber wohl nicht zufriedenstellend, denn der folgende Brief, dem man entnehmen kann, dass in der Beziehung zu Käthchen/Annette inzwischen entscheidende Veränderungen eingetreten sind, ist erst auf den März des folgenden Jahres datiert.

Leipzig d. Merz. 1768.

Wenn dir an einem Briefe von mir etwas gelegen war, so tahtest du wohl zu schreiben, denn du hättest gewiss lange warten sollen. Doch du hast lange gewartet; aber Kind, weisst du denn warum? Ein schönes Compliment vom Docktor deinem Bruder, und vom Prinzen dem kleinen. Nicht wahr das hättest du nie vermuhtet, ich binn in Dreßden gewesen, auf zwölf Tage, die Gallerie zu sehen, die habe ich gesehen, was man gesehen heisst. Deine Brüder sind wohl, und haben mich wohl bewirthet. Dresden ist ein Ort, der herrlich ist, und wenn mir's erlaubt wäre ein kleines Supplement daran zufügen, so wünschte ich mich nie heraus.

[…] Was macht Annette? Ey, ey ! Giebts eine Annette in der Welt? Weisst du's auch noch ich dächte du hättest es längst vergessen, wenigstens hast du in 3 guten Monaten nichts nach ihr gefragt, und ich binn auch so höflich gewesen dir nichts von ihr zu schreiben.

Gut wenn du es wissen willst wie es mit uns steht, so wisse.

Wir lieben einander mehr als jemals ob wir einander gleich seltner sehen. Ich habe den Sieg über mich erhalten sie nicht zu sehen, und nun dacht ich gewonnen zu haben, aber ich bin elender als vorher, ich fühle daß die Liebe sich selbst in der Abwesenheit erhalten wird. Ich kann leben ohne sie zu sehen, nie, ohne sie zu lieben. Allen Verdruß den wir zusammen haben mache ich. Sie ist ein Engel, und ich binn ein Narr.

Höre Behrisch ich kann, ich will das Mädgen nie verlassen, und doch muss ich fort, doch will ich fort. Aber sie soll nicht unglücklich seyn. Wenn sie meiner wehrt bleibt, wie sie's jetzt ist! Behrisch! Sie soll glücklich seyn. Und doch werd' ich so grausam seyn, und ihr alle Hoffnung benehmen. Das muss ich.

Denn wer einem Mädgen Hoffnung macht, der verspricht. Kann sie einen rechtschaffnen Mann kriegen, kann sie ohne mich glücklich leben, wie fröhlich will ich seyn. Ich weiss was ich ihr schuldig binn, meine Hand und mein Vermögen gehört ihr, sie soll alles haben was ich ihr geben kann. Fluch sey auf dem, der sich versorgt eh das Mädgen versorgt ist das er elend gemacht hat. Sie soll nie die Schmerzen fühlen, mich in den Armen einer andern zu sehen, biß ich die Schmerzen gefühlt habe, sie in den Armen eines andern zusehen, und vielleicht will ich sie auch da mit dieser schröcklichen Empfindung verschonen. Es ist sehr verworren was ich geschrieben habe, aber du magst dich heraus dencken. Du kennst mich.

Schicke mir doch mein Büchlein Annette mit der nächsten Post. Du brauchst es doch nicht, und ich habe wieder an den Gedichten geändert und neue gemacht. Streiche in dem Gedichte Der wahre Genuß, das strittige Wort aus, und setze Freund dafür.

Mein Schäferspiel hat schröckliche Correcturen gelitten, und ist seiner Endigung nah. Du sollsts auch haben. Wenn du geschickt bist sollst du bald wieder einen Brief kriegen. Adieu.

Rund ein halbes Jahr vor Goethes Abreise aus Leipzig werden die sich daraus ergebenden Probleme akut. Sie sind von zweierlei Art, denn in ihm ist ein großer Zwiespalt. Zum einen versucht er, sie sich sozusagen "abzugewöhnen": *Wir lieben einander mehr als jemals ob wir einander gleich seltner sehen*, schreibt er. Denn er will und muss die Beziehung beenden: *Höre Behrisch ich kann, ich will das Mädgen nie verlassen, und doch muss ich fort, doch will ich fort.* Die Schuld liegt bei ihm: *Allen Verdruß den wir zusammen haben mache ich. Sie ist ein Engel, und ich binn ein Narr.* Zum anderen sorgt er sich um sie: *Aber sie soll nicht unglücklich seyn.* Und er macht sich wegen seines Vorhabens Vorwürfe: *Denn wer einem Mädgen Hoffnung macht, der verspricht.* Es ist schuftig, jemandem Hoffnungen zu machen und dann sitzen zu lassen. Auch im Falle Käthchens geht es nicht nur um Liebe, sondern um Versorgung. Und er geht weit in seinen Vorstellungen von Verpflichtung: *meine Hand und mein Vermögen gehört ihr, sie soll alles haben was ich ihr geben kann.*

Ein Mann, der Ansprüche stellt, aber einem Mädchen keine Versorgung zu bieten bereit oder in der Lage ist, ist ein Schuft. Er muss ihr die Möglichkeit einräumen, sich anderweitig nach Versorgung umzutun.

Auch eine Anspielung auf ein im "Faust I" behandeltes Problem findet sich bereits hier: *Fluch sey auf dem, der sich versorgt eh das Mädgen versorgt ist das er elend gemacht hat.*

Der folgende Brief, etwa einen Monat später verfasst, meldet den Vollzug der Trennung:

Leipzig, d. 26 Apr. 1768.

Lange nicht geschrieben Behrisch, lange nicht, und doch immer ebenderselbe wie ich war. Siehe ich habe dich noch so lieb als ich dich hatte, und Netten noch so lieb als ich sie hatte, mehr noch beyde wenn ich die Wahrheit sagen soll, denn stärcker ist eine Leidenschafft wenn sie ruhiger ist, und so ist meine. O Behrisch ich habe angefangen zu leben! Daß ich dir alles erzählen könnte! Ich kann nicht, es würde mich zu viel kosten. Genug sey dirs, Nette, ich, wir haben uns getrennt, wir sind glücklich. Es war Arbeit, aber nun sitz ich wie Herkules, der alles getahn hat, und betrachte die glorreiche Beute umher. Es war ein schröcklicher Zeitpunckt biß zur Erklärung, aber sie kam die Erklärung und nun - nun kenn ich erst das Leben. Sie ist das beste, liebenswürdigste Mädgen, nun kann ich dir schwören daß ich nie nie aufhören werde, das für sie zu fühlen was das Glück meines Lebens macht, das zu dencken was ich dir neulich geschrieben habe, und das zu wollen. Behrisch wir leben in dem angenehmsten freundschafftlichsten Umgange, wie du und sie; keine Vertraulichkeit mehr, nicht ein Wort von Liebe mehr, und so vergnügt, so glücklich, Behrisch sie ist ein Engel. Es sind heute zwey Jahre daß ich ihr zum erstenm[al] sagte, daß ich sie liebte, Zwey Jahre Behrisch, und noch. Wir haben mit der Liebe angefangen, und hören mit der Freundschafft auf. Doch nicht ich. Ich liebe sie noch, so sehr, Gott so sehr. O daß du hier wärest, daß du mich trösten, daß du mich lieben könntest. Ich käme gern zu dir, recht gerne; aber deine Umstände, sie sind nicht vorteilhaft für Freunde die dich besuchen wollen. Da hast du eine Landschaft, das erste Denckmal meines Nahmens, und der erste Versuch in dieser Kunst. Bessere nachfolgende werden es rechtfertigen, ich hoffe weiter zu kommen.

Goethe hat Käthchen aufgegeben. Zwar behauptet er, sie noch zu lieben, versucht aber nicht mehr, von ihr Liebesbeweise zu erhalten. Sie bezeugt ihm nur noch Freundschaft, was ihm natürlich zuwenig ist, und er leidet. Wie sehr er leidet, wird aus den Briefen nicht ersichtlich. Die baldige Abreise vor Augen und seine moralischen Vorsätze im Kopf wird er versucht haben, sich mit der Situation zu arrangieren, aber es gibt Hinweise darauf, dass ihm das nicht gelang. Interessant ist auch die Datierung seiner Liebeserklärung an Käthchen, die also ungefähr einen Monat, nachdem er sie kennengelernt hatte, erfolgt sein muss. Doch wenn unsere Deutungen der Briefe aus dem Mai 1766 richtig sind, hat sich Käthchen damals nicht gleich für ihn entschieden, vielleicht, weil es da noch den damaligen [und späteren?] pretendu futur gab.

[Leipzig, Mai 1768]

Da hast du die Lieder, ich konnte dir sie ohnmöglich eher schicken.

Hiermit benachrichtige ich dich zugleich daß du das Clavier behalten kannst, möge es sich wohl halten, und dir manchesmal eine Erinnerung meiner seyn.

Ferner sende ich dir 3 meiner neusten Lieder, wenn du mit ihnen zufrieden bist, so lass sie von deinem grosen Meister componiren, et sublimi feriam sidera vertice. *Ein Compliment von Netten. Horn wird täglich unsinniger. Und ich gehe nun täglich mehr Bergunter. 3 Monate Behrisch, und darnach ist's aus. Gute Nacht ich mag davon nichts wissen.*

Damit bricht auch diese Briefverbindung ab. [Allerdings haben sich Goethe und Behrisch nie ganz aus den Augen verloren.] Die letzten Sätze deuten darauf hin, dass es ihm zu der Zeit nicht gut ging. So wortkarg ist er nur, wenn er die Gefühle noch nicht bewältigt hat, die ihm zu schaffen machen.

Ich fasse zusammen, was sich Goethes Briefen zufolge in der Beziehung zu Käthchen ereignet hat: Über knapp zwei Jahre unterhielt ein Student aus bürgerlich-wohlhabendem Elternhaus eine platonische, durch starke wechselseitige Eifersüchteleien geprägte Liebesbeziehung zu einer Wirtstochter. Weder bildungs- noch standesmäßig war das Mädchen eine passende Partie, weshalb die Beziehung von vornherein - zumindest vonseiten des jungen Goethe - als zeitlich begrenzt angesehen wurde. Doch ging das innere Engagement des jungen Mannes entschieden weiter und vor allem tiefer als er ursprünglich vorgehabt und während des Engagements geahnt hat.

Schließlich wurde das Verhältnis nach Darstellung des jungen Mannes in gegenseitigem Einvernehmen gelöst, doch ohne dass seine innere Bindung damit geendet hätte.

Soviel kann man aus Goethes in Leipzig geschriebenen Briefen erfahren. Im Folgenden müssen wir uns an "Dichtung und Wahrheit" halten.

5. Käthchen in "Dichtung und Wahrheit"

Auch in Goethes Lebenserinnerungen spielt Käthchen Schönkopf eine Rolle, allerdings nicht unter diesem Namen. Sein Bericht über die Beziehung zu Käthchen und die besondere Bedeutung, welche diese Beziehung bzw. die dabei gemachten Erfahrungen in seinem Leben hatten, beginnt wie folgt:

Ich war, nach Menschenweise, in meinen Namen verliebt und schrieb ihn, wie junge und ungebildete Leute zu tun pflegen, überall an. Einst hatte ich ihn auch sehr schön und genau in die glatte Rinde eines Lindenbaums von mäßigem Alter geschnitten. Den Herbst darauf, als meine Neigung zu Annetten in ihrer besten Blüte war, gab ich mir die Mühe, den ihrigen oben darüber zu schneiden. Indessen hatte ich gegen Ende des Winters, als ein launischer Liebender, manche Gelegenheit vom Zaune gebrochen, um sie zu quälen und ihr Verdruß zu machen: Frühjahrs besuchte ich zufällig die Stelle, und der Saft, der mächtig in die Bäume trat, war durch die Einschnitte, die ihren Namen bezeichneten, und die noch nicht verharscht waren, hervorgequollen und benetzte mit unschuldigen Pflanzentränen die schon hart gewordenen Züge des meinigen. Sie also hier über mich weinen zu sehen, der ich oft ihre Tränen durch meine Unarten hervorgerufen hatte, setzte mich in Bestürzung. In Erinnerung meines Unrechts und ihrer Liebe kamen mir selbst die Tränen in die Augen, ich eilte, ihr alles doppelt und dreifach abzubitten, verwandelte dies Ereignis in eine Idylle, die ich niemals ohne Neigung lesen und ohne Rührung andern vortragen konnte.

Dieser Idylle gab er den Namen "Die Laune des Verliebten". Es geht um ein junges, unverheiratetes Paar, das aus einem zur Eifersucht neigenden jungen Mann namens Eridon und dem offenbar auch von anderen Männern verehrten Mädchen Amine besteht. Sie liebt ihn und gibt allen seinen Launen nach, um ihn positiv zu stimmen, doch er sieht immer nur das "halbleere statt des halbvollen Glases". Man könnte geneigt sein, das Stück in "Die schlechte Laune des Verliebten" oder noch allgemeiner "Missgelauntheit" umzutaufen. Über die Gründe Eridons von Übellaunigkeit erfährt man nichts.

Amine möchte abends auf ein Fest gehen, doch Eridon will nicht mitkommen, weil er nicht tanzen - oder zumindest nicht gut tanzen - kann. Obwohl Amine zunächst entschlossen ist, diesmal ihrem Vorsatz zu folgen und allein auf das Fest zu gehen, weil sie seinetwegen schon öfter auf alle möglichen Vergnügungen verzichtet hat, ohne ihn aufheitern zu können, lässt sie sich auch diesmal wieder umstimmen und verzichtet zunächst darauf, zu gehen. Doch gelingt es der Freundin Egle, Eridon umzustimmen, nachdem sie ihn zu einem Kuß verleitet hat.

Wenn ein junger Mann sich weigert, die Angebetete auf einen Tanzabend zu begleiten, dann tut er das in aller Regel, weil er an seinen Tanzkünsten zweifelt und Angst hat, sich zu blamieren. Wäre Eifersucht sein Hauptmotiv, so hätte er - im Gegenteil - allen Grund mitzugehen, denn indem er sie allein gehen läßt, leistet er ja geradezu Vorschub, dass sie sich einen anderen sucht. Was steckt also tatsächlich dahinter?

Wenn jemand seine Partnerin mit Eifersucht plagt, der selbst eigentlich keine ernsthafte Bindung wünscht, so geht es vor allem um Macht; darum, über den anderen zu bestimmen, wie Wolfgang zeitweilig über die Schwester Cornelia bestimmt hat. Doch während Cornelia zumeist eher gutwillig, nachgiebig und vertrauensvoll gewesen ist, war Käthchen - und dementsprechend Amine - von ganz anderer Art. Offenbar hat sie es verstanden, Macht auszuüben und Männer um den kleinen Finger zu wickeln. Oder mit dem vom jungen Goethe in einem Brief an Behrisch gebrauchten Bild: *in einen Sack* zu stecken. Daher ist meiner Erfahrung nach nicht auszuschließen, daß der Kuss der Egle ein Trick war, den Amine sich ausgedacht hat, um Eridon zu 'überzeugen'. Das zentrale Thema des Stücks ist Treue, die aufgrund der bereits geschilderten Situation Goethes nicht ohne Ambivalenz gewesen sein kann.

Das Stück hat insofern eine Art von "doppeltem Boden", als ein schwer Verliebter, der eigentlich keine feste Bindung eingehen kann oder seine Unabhängigkeit bewahren will und sich gegen die Abhängigkeit auflehnt, die Verliebtheit und Eifersucht bedeuten, sich nur durch die Untreue der Angebeteten befreien kann. S i e muß ihm den Laufpaß geben, sonst kommt er nicht von ihr los. Nur wenn Amine Eridon untreu würde, hätte er einen Freibrief, sich abzugrenzen. Aus dieser Ambivalenz resultiert Wankelmut, der sich auch in anderen Werken des jungen Goethes findet. Eridon schwankt zwischen Eifersucht, Nachgiebigkeit, Angst vor Blamage, Suche nach Anerkennung und Reue. Amine wiederum schwankt zwischen Nachgiebigkeit gegen Eridon und

Durchsetzung ihrer unschuldig anmutenden Wünsche. Zwar ist sie nicht direkt launenhaft, aber das Stück verdeutlicht, dass die Mitmenschen eines wankelmütigen Menschen es schwer haben, geradlinig zu handeln. Ein Problem, das die Beziehungen zwischen Wolfgang und Käthchen Schönkopf getrübt haben dürfte.

Seit Schlossers Besuch wohnte der junge Goethe im Gasthaus der Eltern von Käthchen. In seinen Lebenserinnerungen spielt Käthchen eine wichtige Rolle, aber wie gesagt, nicht unter diesem Namen. Und auch sonst enthält die Darstellung der Ereignisse in Leipzig sehr viel Dichtung, so dass die Wahrheit nicht leicht auszumachen ist.

Das hängt damit zusammen, dass in Goethes Seelenleben lebenslang zwei widerstreitende Bestrebungen um Vorherrschaft gerungen haben: Zum einen der Drang nach Offenheit und Mitteilung, der nicht zuletzt auch das Bekennen von Sünden bedeutete, denn nur wer seine Sünden bekennt, erhält - wie er es nennt - die *innere Absolution*, zum anderen die Heimlichtuerei, die vermutlich daraus entstanden ist, dass nur sie ihm erlaubt hat, sich in einem autoritären oder mißgünstigen Umfeld zu behaupten. Herrschte der Drang nach Offenheit vor, ergab das 'Wahrheit' - oder was er als solche ansah - andernfalls entstand 'Dichtung'. Außerdem gibt es in ansonsten wahrhaftig wirkenden Berichten zum einen Auslassungen, zum anderen Unstimmigkeiten: Wesentliche Informationen werden entweder nicht mitgeteilt oder passen nicht zu anderen Mitteilungen. Goethes Bericht über die Beziehung zu Käthchen werde ich nahezu vollständig wiedergeben und kommentieren.

Nachdem Goethe auf paar Seiten seine in Leipzig gediehenen schriftstellerischen Versuche behandelt hat, heißt es anschließend: *Und so begann diejenige Richtung, von der ich mein ganzes Leben über nicht abweichen konnte, nämlich dasjenige, was mich erfreute oder quälte, oder sonst beschäftigte, in ein Bild, ein Gedicht zu verwandeln und darüber mit mir selbst abzuschließen, um sowohl meine Begriffe von den äußeren Dingen zu berichtigen, als mich im Innern deshalb zu beruhigen. Die Gabe hierzu war wohl niemand nötiger als mir, den seine Natur immerfort aus einem Extreme in das andere warf. Alles, was daher von mir bekannt geworden, sind nur Bruchstücke einer großen Konfession, welche vollständig zu machen dieses Büchlein ein gewagter*

Versuch ist. Mit diesem *Büchlein* meinte er "Dichtung und Wahrheit", das immerhin 248.533 Worte mit 1.645.184 Zeichen enthält, was über 900 Schreibmaschinenseiten bedeutet, Absätze und Kapitelenden nicht gerechnet. Und natürlich gehört auch "Die Laune des Verliebten" zu der *Konfession.* Wir werden uns aber später fragen, welchen literarischen Ausdruck die Käthchen-Episode sonst noch in Goethes Werk gefunden hat.

Nach dieser vielversprechenden Einleitung folgt eine Schilderung der Beziehung zu Käthchen Schönkopf, die einer Beichte gleichkommt: *Meine frühere Neigung zu Gretchen hatte ich nun auf ein Ännchen übergetragen, von der ich nicht mehr zu sagen wüßte, als daß sie jung, hübsch, munter, liebevoll und so angenehm war, daß sie wohl verdiente, in dem Schrein des Herzens eine Zeitlang als eine kleine Heilige aufgestellt zu werden, um ihr jede Verehrung zu widmen, welche zu erteilen oft mehr Behagen erregt als zu empfangen.* Auf die Wendung *eine Zeitlang* sei hingewiesen, weil er mit ihr andeutet, dass es keine Beziehung von Dauer hatte sein sollen. Aber was er sonst schreibt, klingt seltsam geschwollen und passt ganz und gar nicht zu der kurz darauf folgenden Schilderung hochkochender und bis zu heftigen Autoaggressionen gehender Selbstvorwürfe. Außerdem kann ja wohl auch kaum jemand einem abgehalfterten Liebhaber glauben, wenn er behauptet, es habe ihm *mehr Behagen erregt*, Verehrung *zu erteilen* als zu empfangen, selbst wenn er sich nicht in voraufgehenden und folgenden Sätzen Lügen strafte.

Goethe fährt fort: *Ich sah sie täglich ohne Hindernisse, sie half die Speisen bereiten, die ich genoß, sie brachte mir wenigstens abends den Wein, den ich trank, [...]* Auch hier ist es wieder - wie bei fast allen Frauenbekanntschaften - neben Schönheit und Liebreiz ein an die Fürsorglichkeit einer nährenden Mutter erinnerndes Verhalten, das Goethe fasziniert hat und auch im "Werther" in einer berühmten Szene auftaucht. Wir sollten also nicht nur vermerken, dass der Fürsorgeaspekt, die Befriedigung rein körperlicher Bedürfnisse, in Goethes Frauenbild eine wichtige Rolle spielt - das tut er bei vielen Menschen, wo traditionelle Rollenmuster bestimmend sind - sondern dass er für ihn eine Verliebtheit auslösende Macht besitzt. Immer wieder trifft ihn Cupidos Pfeil, wenn ihm ein hübsches Mädchen Speise und Trank serviert. Hinzukommt etwas, das ebenfalls mit Goethes Mutter zu tun hat. Deren hervorstechendster Charakterzug war Mittelpunktsstreben, bei dem sie oft erfolgreich war. Alle Frauen und Mädchen, für die sich der junge Goethe interessierte, waren der umschwärmte Mittelpunkt eines Kreises, in den er neu eintrat, und diesen Mittelpunkt musste er erobern!

Der oben zitierte Satz geht weiter: *und schon unsere mittägige abgeschlossene Tischgesellschaft war Bürge, daß das kleine, von wenig Gästen außer der Messe besuchte Haus seinen guten Ruf wohl verdiente. Es fand sich zu mancherlei Unterhaltung Gelegenheit und Lust.*

Soweit, so gut, doch nun kommt ein großes "Aber": *Da sie sich aber aus dem Hause wenig entfernen konnte noch durfte, so wurde denn doch der Zeitvertreib etwas mager. [...] Weil aber dergleichen Verhältnisse, je unschuldiger sie sind,* d.h. eine sexuelle Beziehung war es nicht, *desto weniger Mannigfaltigkeit auf die Dauer gewähren, so ward ich von jener bösen Sucht befallen, die uns verleitet, aus der Quälerei der Geliebten eine Unterhaltung zu schaffen und die Ergebenheit eines Mädchens mit willkürlichen und tyrannischen Grillen zu beherrschen.*

Mit der Formulierung *so ward ich von jener bösen Sucht befallen, die uns verleitet* [...] erweckt Goethe den Eindruck, als ob diese Sucht eine bekannte Krankheit wäre, die nicht nur ihn, sondern *uns,* also viele oder sogar alle Männer befallen kann. Es ist aber ein eher seltenes Verhalten, das nur bei Personen auftritt, die ein sehr spezielles Problem haben, denn welcher halbwegs normale Jüngling verschafft sich Unterhaltung, indem er seine Geliebte dadurch quält, dass er ihre *Ergebenheit* [...] *mit willkürlichen und tyrannischen Grillen zu beherrschen* sucht?

Dass Langeweile ihn dazu gebracht haben soll, das Mädchen zu quälen, ist nicht glaubwürdig. In den Briefen an Behrisch war jedenfalls von Langerweile nie die Rede. Und auch für Käthchen dürfte Langeweile kein großes Problem gewesen sein, denn sie gehörte zur arbeitenden Bevölkerung, die ihren Tag nicht nach Studentenart nahezu beliebig einrichten konnte. Doch darf man wohl davon ausgehen, dass eine Wirtstochter, und mag sie noch so *jung, hübsch, munter, liebevoll und [so] angenehm* gewesen sein, für den Studenten der Philosophie und Jurisprudenz - und was er sonst noch alles studiert hat - eine Art Mesalliance darstellte. In dem Brief an seinen Freund Moors bringt Goethe das ja auch sehr deutlich zum Ausdruck. Keinesfalls hatte Käthchen als Gesprächspartnerin mit der Schwester Cornelia mithalten können, und das wird ihn natürlich gelangweilt haben, auch wenn er sich das nicht klargemacht hat.

Ich denke, das Wort *Ergebenheit* liefert den Schlüssel. Es passt auch gut zu dem, was wir aus dem Brief an Moors wissen und was in der Einleitung der "Beichte" zum Ausdruck kommt: Nicht das Mädchen und ihre Gesellschaft waren ihm das Wichtigste in dieser Beziehung, sondern ihre *Ergebenheit*. Über das Mädchen als Person erfahren wir wenig. An ihr war er nicht wirklich interessiert. Sie war nicht etwa seine Traumfrau. Offenbar ging es ihm nicht zuletzt - vielleicht sogar vor allem - um M a c h t. Wie Cornelia sollte Käthchen tun, was e r wollte.

Im weiteren Verlauf der Beichte schildert er, wie er das Mädchen behandelt hat: *Die böse Laune über das Mißlingen meiner poetischen Versuche, über die anscheinende Unmöglichkeit hierüber ins klare zu kommen, und über alles was mich hie und da sonst kneipen mochte, glaubte ich an ihr auslassen zu dürfen, weil sie mich wirklich von Herzen liebte und was sie nur immer konnte, mir zu Gefallen, tat. Durch unbegründete und abgeschmackte Eifersüchteleien verdarb ich mir und ihr die schönsten Tage.*

Es sei an das erinnert, was wir aus den Briefen wissen: Unbegründet waren die Eifersüchteleien keineswegs. Es gab da immer mindestens den pretendu futur, und der hat später ja sogar das Rennen gemacht. Außerdem fehlt in obiger Darstellung völlig, daß auch Käthchen hin und wieder eifersüchtig reagiert hat, und wie aufmerksam er darauf achtgab, ob und wie sehr sie es gewesen ist, weil er sie für ein Anzeichen von Liebe hielt. Aber Goethe ging es offenbar vor allem um das, was er mehrmals betont: *weil sie mich wirklich von Herzen liebte.* Als Begründung für diese Annahme führt er an, dass sie: *was sie nur immer konnte, mir zu Gefallen, tat.* Wenn er s e i n e Gefühle schildert, ist von Liebe zunächst nicht die Rede. Er hat Schuldgefühle, fühlt Reue und Ähnliches. Wir werden gleich sehen, wann sich das geändert hat.

Aber klingt das, was er schildert, nach einer Liebesbeziehung? Doch wohl eher nicht. Wenn jemand einem anderen viele Gefallen tut, die dieser auch noch schlecht belohnt, denkt man vielleicht eher an eine Beziehung zwischen Herr und Bediensteter, allenfalls an eine Ehe kurz vor der Scheidung. Goethe fährt fort: *Sie ertrug es eine Zeitlang mit unglaublicher Geduld, die ich grausam genug war, aufs Äußerste zu treiben.*

Wenn jemand die *Quälerei der Geliebten aufs Äußerste* treibt, könnte es sein, dass er absichtlich einen Bruch herbeiführen will. Für Goethe ging es aber wohl eher nicht darum, es sei denn, man hält es für möglich, dass sich die im vorigen Abschnitt geschilderte Ambivalenz auf diese Weise manifestiert hat. Wahrscheinlich handelte es sich in erster Linie um die heftigen Zweifel eines Eifersüchtigen, der die Liebe der *Geliebten* auf die Probe stellt, um seine Zweifel zu beschwichtigen. Doch am Ende erwiesen sich die Zweifel als berechtigt, denn das für ihn Überraschende und Unerwartete geschah: Das Mädchen wandte sich von ihm ab.

Fragen wir uns, wieso Käthchen ihm den Laufpaß gegeben hat. Wie könnte die Geschichte aus ihrer Sicht ausgesehen haben? Folgende Erklärungen bieten sich an: Zum ersten die sicher auch ihr bewusste, von Anfang an zeitlich begrenzte Dauer der Beziehung, was gegen Ende vermutlicht deutlicher wurde. Käthchen - offenbar eine recht gewitzte Person - war nicht gewillt, weiter auf das bittere Ende zu warten, um zuletzt die ihr zugedachte traurige Rolle der Verlassenen zu spielen. Sie löste die Bindung zu Goethe bzw. versuchte, sie in eine Freundschaftsbeziehung umzuwandeln, und wandte sich, wie wir aufgrund ihrer nicht allzulange danach vermeldeten Verheiratung mit einem Dr. Kanne vermuten dürfen, einem anderen Verehrer zu, einem in ihren Augen vielversprechenderen. Zum zweiten könnte sie Goethes gewiss nicht leicht zu ertragende Eifersucht satt gehabt haben. Und zum dritten deutet einiges darauf hin, dass an Goethe nicht nur die Eifersucht schwer zu ertragen war. Z.B. geht aus dem letzten Brief an Cornelia hervor, den Wolfgang am 12.10.1767 aus Leipzig geschrieben hat, dass er sich wie der Vater gegenüber Frauen - und so auch im Falle Käthchens - als Lehrer und Erzieher aufspielte, um sein Selbstvertrauen zu stärken.

In einem Brief an die Schwester schildert er das sehr anschaulich: *Ich komme von Tische, und bringe ein Compliment, eine Dancksagung, und die Marlimuster für dich, von meiner kleinen Wirtin mit, sie hat sie zum letzten und zum längsten gehabt und einen ahnsehnlichen Gebrauch davon gemacht. Ich habe ihr insinuirt sie könnte mir immer zur Danckbaarkeit ein paar Manschetten nehen. Wir wollen sehn was sie tuhn wird.*

Sie ist ein recht gutes Mädgen, das ich sehr liebe, sie hat die Hauptqualität daß sie ein gutes Herz hat, das durch keine allzugrose Lecktüre verwirrt ist, und läßt sich ziehen. Ich werde Ehre mit ihr einlegen, sie hat schon ganz erträgliche, auch manchmal artige Briefe schreiben lernen, aber mit der Orthographie wills nicht fort. Überhaupt muß man die, beym sächsischen Frauenzimmer nicht suchen. Da lob ich mir meine Schwester.

Überhebung und Herablassung sind nicht zu überhören. Gut vorstellbar, dass Käthchen sie irgendwann satt hatte.

Aber auch die Zeitverhältnisse werden eine Rolle gespielt haben. Mitte des 18. Jahrhunderts wurden die Geschlechterrollen in einer Weise definiert, die zwar in vieler Hinsicht von den heutigen Verhältnissen abwich, doch kann man bis heute bei vielen Frauen - damals bei nahezu allen - eine durch ihre soziale Benachteiligung nahegelegte Denkweise finden, aufgrund welcher sie zwar heiraten, Kinder aufziehen und von den Eltern unabhängig werden wollen, mindestens um nicht als "alte Jungfer" dazustehen, jedoch möglichst ohne sich finanziell zu verschlechtern. Folglich hatte damals ein Mann nur dann eine Chance, als Partner erwählt zu werden, wenn er entweder über ein vergleichbares - besser noch ein höheres - Einkommen verfügte als der Vater der Frau oder ein Bildungsniveau oder eine soziale Stellung hatte, welche ein höheres Einkommen in Bälde erwarten ließen. Ein sozial und altersmäßig ebenbürtiger und daher normalerweise in der Ausbildung oder am Anfang seiner Karriere stehender junger Mann konnte diese Erwartungen in der Regel natürlich weniger gut erfüllen als ein gestandener Mann fortgeschrittenen Alters. Und selbst wenn die Liebe dazu geführt haben sollte, dass eine junge Frau die finanziellen Rücksichten außerachtließ, hat sie ihren Gefühlen oft nicht nachgegeben, sondern ist im Hinblick auf die Lebenschancen ihrer Kinder nur dann eine Bindung eingegangen, wenn diese Seite der Beziehung optimiert war. Dass der junge Goethe derartigen Erwartungen in keiner Weise entsprach, auch wenn er in manchmal unangemessen wirkender Großzügigkeit mit Vaters Geld um sich warf, war wahrscheinlich der für Käthchen entscheidende Gesichtspunkt.

Obwohl Goethe eigentlich auf eine Trennung innerlich hätte vorbereitet sein können, wie der Brief an Moors ja deutlich zeigt, traf ihn das Verlassenwerden schwer. Es bedeutete njämlich genau das, worauf er nicht vorbereitet war; worauf er der Psycho-Logik der Sache nach auch gar nicht vorbereitet sein konnte, ohne des eigentlichen Gewinns verlustig zu gehen, den er in dieser Beziehung gesucht hatte, nämlich sich in der Sonne von Käthchens Liebe und *Ergebenheit* baden zu können. Doch Käthchen hatte irgendwann genug von diesem Spiel.

Goethe schildert das mit folgenden Worten: *Allein zu meiner Beschämung und Verzweiflung mußte ich endlich bemerken, daß sich ihr Gemüt von mir entfernt habe, und daß ich nun wohl zu den Tollheiten berechtigt sein möchte, die ich mir ohne Not und Ursache erlaubt hatte.*

Die *Verzweiflung,* mit der er auf den Liebesverlust reagierte, leuchtet sicher ohne weiteres ein, aber wieso war er beschämt? Könnte das damit zu tun gehabt haben, dass er sein Unrecht einsah und es sich vorwarf? Sehr wahrscheinlich nicht, denn es heißt ja nicht "Schuldgefühl", sondern "Beschämung". Man schämt sich vor anderen, eventuell auch nur bei dem Gedanken an ihre wahrscheinliche Reaktion, aber nicht vor sich selbst. Warum war er also beschämt? Ich nehme an, dass das folgenden Grund gehabt hat: Nach der Trennung musste er nicht nur mit dem Verlustschmerz fertigwerden, sondern hatte darüberhinaus das Problem, anderen - z.B. Moors - gegenüber, die von seiner Niederlage sicher erfahren würden, zu vertreten, was geschehen war. An klugen Leuten, die ihm von Anfang an von der Mesalliance abgeraten hatten, wird es nicht gefehlt haben. Die Wendung in dem Brief an Moors: *was hat alsden meine Liebe für eine scheltungswürdige Seite?* lässt das erahnen. Und er wird mit seiner Eroberung geprahlt haben, weil ihn Käthchens *Ergebenheit* stolz, übermütig und angeberisch hatte werden lassen. Denn während alle anderen jungen Männer damals ergeben warteten, bis sie über eine Stelle und das Einkommen verfügten, so dass sie eine Frau ernähren konnten, hatte er geglaubt, einen Trick gefunden zu haben, auch so nicht ganz ohne Frau zu sein. Und nun dieses beschämende Ende! Er konnte es nicht einfach hinnehmen: *Es gab auch schreckliche Szenen unter uns, bei welchen ich nichts gewann […]* doch Käthchen war nicht wankelmütig wie Eridon und viele andere der später von Goethe geschaffenen Gestalten.

Goethe fährt fort: *und nun fühlte ich erst, daß ich sie wirklich liebte und daß ich sie nicht entbehren könne.*

Auch hier sollte man innehalten und sich vergegenwärtigen, was der große Dichter und kluge Erwachsene Goethe geschrieben hat, um seine damalige Situation zu schildern: *nun fühlte ich erst, daß ich sie wirklich liebte und daß ich sie nicht entbehren könne.*

Es ist das erste Mal, dass er davon spricht, e r habe geliebt. Vorher ging es ihm vor allem darum, hervorzuheben, dass s i e i h n geliebt hätte. Es stellt sich die Frage, was Goethe unter 'Liebe' verstand, wenn erst der V e r l u s t ihn hat erkennen lassen, was Käthchen ihm bedeutete. Und was kann man tun, wenn man jemanden, den man zu lieben glaubt, weder zu entbehren noch zurückzugewinnen vermag? Ehe ich darauf eine Antwort geben kann, sollten wir weiter Goethes 'Beichte' lesen:

Meine Leidenschaft wuchs und nahm alle Formen an, deren sie unter solchen Umständen fähig ist; ja zuletzt trat ich in die bisherige Rolle des Mädchens. Alles mögliche suchte ich hervor, um ihr gefällig zu sein, ihr sogar durch andere Freude zu verschaffen: denn ich konnte mir die Hoffnung, sie wieder zu gewinnen, nicht versagen. Allein es war zu spät! ich hatte sie wirklich verloren, und die Tollheit, mit der ich meine Fehler an mir selbst rächte, indem ich auf mancherlei unsinnige Weise in meine physische Natur stürmte, um der sittlichen etwas zuleide zu tun, hat sehr viel zu den körperlichen Übeln beigetragen, unter denen ich einige der besten Jahre meines Lebens verlor; ja ich wäre vielleicht an diesem Verlust völlig zu Grunde gegangen, hätte sich nicht hier das poetische Talent mit seinen Heilkräften besonders hülfreich erwiesen.

Auch dieser Abschnitt enthält überaus wichtige Aussagen, und ich will versuchen, ihre Bedeutung Punkt für Punkt herauszuarbeiten und dabei das, was dem jungen Goethe widerfahren ist, auseinanderzuhalten von dem, was uns der alte Goethe glauben machen will. Dass es in der Beziehung, die 'Liebesbeziehung' zu nennen ich zögere, auch um Macht ging, wie zuvor vermutet, zeigt sich daran, dass es nun Käthchen ist, die sie in Händen hält, und er alles zu tun bereit ist, *um ihr gefällig zu sein.* Und wenn Goethe erwähnt, er habe *ihr sogar durch andere Freude zu verschaffen* gesucht, so kann das Wörtchen *andere* ja nur bedeuten, dass er sogar so weit gegangen ist, seine Eifersucht zu beherrschen und den Ausschließlichkeitsanspruch aufzugeben, mit dem Verliebte einander normalerweise belegen. Aber auch das war vergeblich.

Worum ging es bei dieser Art von 'Macht'? Vonseiten Käthchens war sie sicher etwas ganz anderes als für den jungen Goethe. Für sie handelte es sich höchstwahrscheinlich nur um eine Art 'Retourkutsche', mit der sie ihm heimzahlen wollte, was er ihr zugemutet hatte. Aber für ihn ging es um etwas ganz anderes. Was das gewesen sein könnte, erschließt sich, wenn man eine Antwort auf die Frage findet, welche Bedeutung der Verlust hatte, den er durch Käthchens Abwendung erlitt.

Wenn jemand einen anderen Menschen *nicht entbehren* kann, was ja nichts anderes heißt, als dass er ihn dringend braucht, nachdem er kurz zuvor erklärt hat, wie unbefriedigend die Beziehung imgrunde war, kann es nicht gut der Verlust dieser Person gewesen sein, der ihn getroffen hat. Es ist einer der Fälle von Unstimmigkeit, hinter der etwas anderes stecken muss, als er mitteilt. Es stellt sich die Frage, was das gewesen sein kann und wo wir danach suchen sollen. Doch bevor ich versuche, der Sache auf den Grund zu gehen, will ich weiter Goethes 'Beichte' untersuchen.

Was genau man sich darunter vorstellen soll, wenn er schreibt, dass er: *die Tollheit, mit der ich meine Fehler an mir selbst rächte, indem ich auf mancherlei unsinnige Weise in meine physische Natur stürmte, um der sittlichen etwas zuleide zu tun*, bleibt leider offen. Es ist einer von den nicht gerade seltenen Fällen von Auslassung, in denen der große Dichter und Sprachmeister seltsam verschwommen formuliert. Doch wenn ein Sprachmeister sich unklar ausdrückt, wird es interessant, denn dann hat er entweder etwas zu verbergen oder die Sache ist ihm selbst nicht ganz klar. Ich vermute, dass in diesem Fall beides zusammengekommen ist, denn er kann nie wirklich verstanden haben, was ihn damals bis ins Mark getroffen hat. Folglich wird die Sache auch durch das nicht klarer, was er im Anschluss schreibt: Es *hat sehr viel zu den körperlichen Übeln beigetragen, unter denen ich einige der besten Jahre meines Lebens verlor.*

Was erfahren wir über *körperliche Übel*? In Leipzig kam es im Juni 1768, also ein oder zwei Monate nach der Berisch gemeldet Trennung von Käthchen, zum anscheinend unvermittelten Ausbruch einer schweren Krankheit, die ihn an den *Rand des Grabes* geführt haben soll und den Abbruch des Aufenthaltes in Leipzig - ohne Studienabschluss - zur

Folge hatte. Ansonsten wissen wir nur von einer anderthalb Jahre dauernden, durch Rezidive unbekannter Ursache unterbrochenen Rekonvaleszenzzeit in Frankfurt, während der er eine lange Reihe von Briefen an Käthchen geschrieben hat. Wenn man die Zeit zwischen dem Krankheitsausbruch in Leipzig bis zur Abreise nach Strassburg rechnet, die das Ende der Rekonvaleszenz markiert, kommt man auf 20 Monate. Können das die *besten Jahre* gewesen sein? Oder spielt er auf Krankheiten an, deretwegen er später oft in Marienbad zur Kur gewesen ist? Ich will das jetzt nicht entscheiden und lasse Goethe mit der Schilderung des Krankheitsausbruchs zu Worte kommen:

Indem ich nun aber Winckelmanns Abscheiden grenzenlos beklagte, so dachte ich nicht, daß ich mich bald in dem Fall befinden würde, für mein eigenes Leben besorgt zu sein: denn unter allem diesen hatten meine körperlichen Zustände nicht die beste Wendung genommen. Schon von Hause hatte ich einen gewissen hypochondrischen Zug mitgebracht, der sich in dem neuen sitzenden und schleichenden Leben eher verstärkte als verschwächte. Der Schmerz auf der Brust, den ich seit dem Auerstädter Unfall [auf der Reise von Frankfurt nach Leipzig 1765] *von Zeit zu Zeit empfand und der, nach einem Sturz mit dem Pferde merklich gewachsen war, machte mich mißmutig. Durch eine unglückliche Diät verdarb ich mir die Kräfte der Verdauung; das schwere Merseburger Bier verdüsterte mein Gehirn, der Kaffee, der mir eine ganz eigne triste Stimmung gab, besonders mit Milch nach Tisch genossen, paralysierte meine Eingeweide und schien ihre Funktionen völlig aufzuheben, so daß ich deshalb große Beängstigungen empfand, ohne jedoch den Entschluß zu einer vernünftigeren Lebensart fassen zu können. Meine Natur, von hinlänglichen Kräften der Jugend unterstützt, schwankte zwischen den Extremen von ausgelassener Lustigkeit und melancholischem Unbehagen. Ferner war damals die Epoche des Kaltbadens eingetreten, welches unbedingt empfohlen ward. Man sollte auf hartem Lager schlafen, nur leicht zugedeckt, wodurch denn alle gewohnte Ausdünstung unterdrückt wurde. Diese und andere Torheiten, in Gefolg von mißverstandenen Anregungen Rousseaus, würden uns, wie man versprach, der Natur näher führen und uns aus dem Verderbnisse der Sitten retten. Alles Obige nun, ohne Unterscheidung, mit unvernünftigem Wechsel angewendet, empfanden mehrere als das Schädlichste, und ich verhetzte meinen glücklichen Organismus dergestalt, daß die darin enthaltenen Systeme zuletzt in eine Verschwörung und Revolution ausbrechen mußten, um das Ganze zu retten.*

Eines Nachts wachte ich mit einem heftigen Blutsturz auf, und hatte noch so viel Kraft und Besinnung, meinen Stubennachbar zu wecken. Doktor Reichel wurde gerufen, der mir aufs freundlichste hülfreich ward, und so schwankte ich mehrere Tage zwischen Leben und Tod, und selbst die Freude an einer erfolgenden Besserung wurde dadurch vergällt, daß sich, bei jener Eruption, zugleich ein Geschwulst an der linken Seite des Halses gebildet hatte, den man jetzt erst, nach vorübergegangener Gefahr, zu bemerken Zeit fand. Genesung ist jedoch immer angenehm und erfreulich, wenn sie auch langsam und kümmerlich vonstatten geht, und da bei mir sich die Natur geholfen, so schien ich auch nunmehr ein anderer Mensch geworden zu sein: denn ich hatte eine größere Heiterkeit des Geistes gewonnen, als ich mir lange nicht gekannt, ich war froh mein Inneres frei zu fühlen, wenn mich gleich äußerlich ein langwieriges Leiden bedrohte.

Die Formulierung *ich verletzte meinen glücklichen Organismus* ist wahrscheinlich ein Druck- oder Schreibfehler; *meinen <u>unglücklichen</u> Organismus* erscheint passender. Der Blutsturz ereignete sich zwischen Winkelmanns Tod am 8.6. und Goethes Abreise aus Leipzig am 28.8. 1768, seinem 19. Geburtstag. Festzuhalten ist, wie sehr sich der alte Goethe bemüht, trotz der vorangegangenen "Beichte", die ganz anderes erwarten lässt, körperliche Ursachen für den Blutsturz nahezulegen: Der immerhin drei Jahre zurückliegende Unfall auf der Reise nach Leipzig, der glimpflich verlaufene Sturz vom Pferd [zwischen dem 24. und 31.10. 1767], *eine unglückliche Diät, das schwere Merseburger Bier* [...], *der Kaffee,* [...] *besonders mit Milch,* [...] Probleme mit der *Verdauung* [...] und *Torheiten, in Gefolg von mißverstandenen Anregungen Rousseaus* sollen schuld gewesen sein.

Aber gerade die Vielzahl der angeführten Faktoren lässt die Argumentation angestrengt wirken, so dass sich die Vermutung aufdrängt, Goethe habe auch in diesem Punkt wieder einmal der Dichtung gegenüber der Wahrheit den Vorzug gegeben. Was er anführt, klingt, als ob ein Nicht-Mediziner sich die Krankheitssymptome ausgedacht hätte. Jedenfalls haben Mediziner mehrerer Generationen vergeblich versucht, aus den geschilderten Symptomen die Diagnose für eine bekannte Krankheit abzuleiten, so dass sich die Frage stellt, was sich tatsächlich ereignet hat.

Soweit Goethes Schilderung seiner Situation in Leipzig sowie ein paar Kommentare. Allerdings ist fraglich, ob wir der Sache damit bereits auf den Grund gekommen sind.

Zwischen Menschen kann es offenkundige und versteckte Probleme geben. Die offenkundigen betreffen Fragen, über die zumeist auch gesprochen werden kann. Die versteckten Probleme haben hingegen Ursachen, die den Beteiligten in der Regel nicht bewusst sind. Sie rühren aus der frühen Kindheit mindestens eines der Beteiligten her und betreffen in der Regel dem Bewusstsein unzugängliche Umstände. Und wenn sie aus der vorsprachlichen Zeit des Betreffenden stammen, sind sie buchstäblich 'unaussprechlich'. Zwar mag neben der bereits erörterten Ambivalenz, die mit den damals aktuellen Umständen zusammenhingen, auch nicht ausgelebte Sexualität eine Rolle gespielt haben, die sehr unangenehme Eigenschaften entfalten kann. Zum Beispiel die, ein Gefühl von Verliebtheit maßlos zu übersteigern, gewissermaßen zu einer ganz großen Liebe aufzublasen, die jedoch einer ernsthaften Prüfung nicht standhält und meist schon nach dem ersten koitalen Orgasmus in sich zusammenfällt. Aber wenn es zu eben diesem Orgasmus - der ja auch Entspannung bedeutet - nicht kommt, wovon wir in diesem Fall wohl ausgehen können, besteht die unverhältnismäßig große Verliebtheit fort und bewirkt alle möglichen *Tollheiten*, d.h. unberechenbares und im Rückblick unverständliches Verhalten des um seinen emotionalen Besitzstand besorgten Verliebten. Allerdings bringt das einen Menschen normalerweise nicht an den *Rand des Grabes*. Für Goethe wuchsen sich die Trennungsfolgen zu einem *zwar geahndeten, aber in seiner ganzen Größe nicht vorausgesehenen Übel* aus. Es muss da also schon noch etwas anderes hinzugekommen sein.

Seit Freud gibt es die Tiefenpsychologie, die uns lehrt, dass man in der Vergangenheit einer Person nach einer Erklärung suchen muss, wenn ihr Verhalten im aktuellen Kontext unverständlich ist. Denn auch wenn das bis heute weder im persönlichen noch im öffentlichen Bewusstsein die Rolle spielt, die es spielen sollte, um das Chaos beherrschen zu lernen, in dem die Menschheit auf den Untergang zutreibt, werden Charakter und Persönlichkeit eines Menschen in seinen ersten Lebensjahren geprägt. Allerdings wirkt sich das nicht immer direkt auf sein manifestes Verhalten aus, denn Anpassungsdruck und der Wunsch, dazuzugehören, bringen die Menschen normalerweise dazu, in ihrem Verhalten Gruppennormen und soziokulturellen Verhaltensmustern zu folgen, die 'Rollen' genannt werden. Das gilt auch für den jungen Goethe v o r dem Liebesverlust. Als Student, als Dichter und als mal mehr, mal weniger eifersüchtiger Liebhaber orientierte sich der junge Goethe an Verhaltensmustern, die von der Gesellschaft vorgegeben wurden. Auch wenn er überlegte, was ein Mann einem *honetten Mädchen* schulde, tat er das. Doch als ihn der Verlust Käthchens zu *Tollheiten* trieb, die ihn bis an den *Rand des Grabes* brachten, wirkten sich in der frühen Kindheit angelegte Verhaltensdispositionen aus, d.h. die latente Bereitschaft zu Verhaltensweisen, die nur unter besonderen Umständen in Erscheinung treten. Dabei kann es sich um Gefühle handeln, wie die, die den jungen Goethe überrascht haben, als Käthchen sich von ihm abwandte, oder um Handlungen, wenn der Betreffende nicht das tut, was er richtig fände, so dass sein Bewusstsein fassungslos zusieht, ganz wie Goethe es schildert. Und das nicht nur, aber doch vor allem bei jungen, mit sich und dem Leben noch unerfahrenen Menschen. Ich denke daher, dass wir uns mit Goethes früher Kindheit befassen müssen, wenn wir begreifen wollen, was ihm in Leipzig widerfahren ist.

Als der kleine Goethe fünfzehn Monate alt war, hat er mitansehen müssen, wie seine über alles geliebte Mutter sich plötzlich einem anderen Wesen zuwandte, das sie vor seinen Augen umsorgte, herzte und küsste, während er sehen konnte, wo er blieb. Doch damals war sie sein Einundalles, sein Über-Ich in einem nicht-freudschen Sinn, denn er hatte ja noch kein "Ich", sondern hing vollkommen von der Mutter ab, hatte er doch eben erst die 'extra-uterine Frühzeit' hinter sich, wie der Biologe Adolf Portmann das erste Lebensjahr genannt hat, war ohne sie nichts, so dass sie seine 'Existenzgrundlage' im ureigentlichen Sinne bildete. Bestenfalls hatte er sich vom Vater, von der Oma oder einer Tante trösten lassen können. Diese ungeheuer tiefe Enttäuschung, diese geradezu existentielle Bedrohung, über die imübrigen nie gesprochen wurde (er selbst konnte ja noch gar nicht sprechen), über die aber auch später nicht gesprochen wurde - und auch nicht hätte gesprochen werden dürfen, weil die auf Eintracht zielende Familienideologie und das dieser zunächst weitgehend angepasste bewusste Erleben des Heranwachsenden dem entgegenstanden - sie und ihre Folgen waren es, womit Goethe lebenslang zu kämpfen hatte. Denn wer so unsagbar tief enttäuscht worden ist, hat Mühe, zu lieben und an die Liebe anderer zu glauben. Und er hat auch Mühe, sich selbst zu lieben, d.h. ein stabiles Selbstwertgefühl zu entwickeln und zu erhalten. Es handelte sich also um Folgen eines von Alfred Adler 'Entthronung' genannten Ereignisses, das ich wegen der Vielfalt und Komplexität der möglichen und bei Goethe tatsächlich eingetretenen Folgen 'Verlustfolgensyndrom' nenne.

Zum Beispiel wurden durch das bei der Geburt der Schwester Cornelia erlittene Trauma die Vorstellungen des kleinen Wolfgang von Liebe entsprechend den im Alter von fünfzehn Monaten frustrierten Beürfnissen traumatisch geprägt und d.h. fixiert. Im Kleinkindalter ist 'Liebe' zunächst aber nichts anderes als vonseiten der Mutter die von mehr oder weniger zärtlichem Zuspruch begleitete leibliche Fürsorge und vonseiten des Kindes die Abhängigkeit davon. Daher ist es kein Zufall, dass die Befriedigung leiblicher Bedürfnisse bei Goethe Verliebtheit ausgelöst oder vertieft hat. Erst durch spätere Erfahrungen bilden sich andere Gefühlsqualitäten heraus, darunter unter Umständen beispielsweise die Neigung zu starker Eifersucht.

Auch das für Goethe in der Beziehung zu Käthchen (aber natürlich nicht nur da) wichtige Thema 'Macht' gehört zu den Verlustfolgen. Psychologisch gesehen ist Macht der Versuch eines Menschen, der in prägsamer Zeit ein Liebesobjekt verloren hat, den Verlust eines Nachfolgers dieses primären Liebesobjekts dadurch zu verhindern, dass er es von sich abhängig zu machen und zu beherrschen sucht. Eifersucht ist eine damit zusammenhängende Gefühlsregung, was man z. B. daran ablesen kann, dass der Eifersüchtige Anspruch auf Ausschließlichkeit erhebt.

Dadurch, dass die Mutter dem Kind plötzlich nicht mehr in der gewohnten Weise zur Verfügung stand, erlangten der Vater und die typischerweise von ihm ausgehenden Leistungserwartungen im Gefühlsleben des Kindes ein Gewicht, das sie sonst nicht oder erst später erhalten hätten, und wirkten bei der Ausformung des Gefühlsschemas 'Liebe' mit. Sie lösten ein bei Goethe lebenslang fortdauerndes Bildungsstreben aus und trugen dazu bei, die Vorstellung zu formen, dass Bildung und Wissen liebenswert mache, weil das Kind den Respekt, den alle Welt dem Vater zollte, infolge seiner kindlichen Unerfahrung mit Liebe verwechselte. Die Art und Weise, in der sich der junge Goethe aufgrund der daraus resultierenden Vorstellungen um Frauen bemühte, war jedoch ungeeignet, diese von seiner Brauchbarkeit als Ehemann oder Liebhaber zu überzeugen. Die Erwartungen des jungen Goethe, er werde mithilfe seines Wissens das Herz einer Dame auf Dauer gewinnen, hätten sich nur in einem einzigen Fall erfüllen können, wenn er gewollt hätte: bei Lili Schönemann, nicht aber bei Käthchen Schönkopf.

Für die Ereignisse in Leipzig war nun von entscheidender Bedeutung, dass der durch Käthchens Abwendung erlittene Liebesverlust eine Wiederholung des frühkindlichen Liebesverlustes bedeutete, was weder Goethes Biografen noch er selbst verstanden haben. Er würde es sehr wahrscheinlich nicht einmal herausgefunden haben, wenn er bei Freud auf der Couch hätte liegen können, weil Traumata, die sich in früher, vorsprachlicher Kindheit ereignet haben, auch bei einer klassischen Analyse, die auf den freien Einfall baut, oft unerkannt bleiben, weil der Traumatisierte von sich aus keine freien Einfälle dazu liefert, sondern nach Möglichkeit weiträumig allem aus dem Wege geht, was auch nur entfernt mit dem Trauma zusammenhängt. Ein Trauma gleicht einem Schwarzen Loch, das unsichtbar ist, und dessen Existenz nur von geschulten und geduldig suchenden Augen an den Bewegungen der Himmelskörper um es herum abgelesen werden kann. Daher kann es allenfalls ein tiefenpsychologisch geschulter Mensch an den Folgen im Leben des Betroffenen ablesen; bei Goethe darüberhinaus auch an seinem Werk.

Natürlich stand und steht Goethe nicht etwa allein mit seinem, durch die Geburt von Geschwistern ausgelösten Schicksal, das ich "Kain-Problem" getauft habe, weil es sich bereits im Alten Testament findet. Viele Menschen erleiden, was er durchlitten hat, vor allem Erstgeborene. Einzelheiten können Interessierte in meinem bereits erwähnten Buch oder im Internet nachlesen. Das Kain-Problem stellt sich bis heute in jeder Familie nach der zweiten Entbindung. Doch leider sieht es trotz Freud, seinen Mitstreitern und Nachfolgern nicht danach aus, als ob die Intelligenz der Menschen ausreichen würde, es zu erkennen und zu lösen, geschweige denn, die katastrophalen Auswirkungen beherrschen zu lernen, die sich seit Anbeginn der Menschheitsgeschichte weltweit aus dem Umstand ergeben haben, dass die Mehrzahl der Menschen in Familienkonstellationen charakterlich geprägt werden, in denen - anders als bei unseren nächsten Verwandten, den Primaten - die Konkurrenz mehr oder weniger offen neidisch-eifersüchtiger Geschwister unterschiedlicher Altersstufen eine zentrale Rolle spielt. Zu den oft als 'natürlich' angesehenen Folgen gehört der Umstand, dass allenthalben Erstgeborene das Sagen haben. Im Verlauf von Jahrzehntausenden haben sie sich durch ihre altersbedingte Überlegenheit nicht nur wirtschaftliche, rechtliche und politische Vorteile verschafft, sondern dabei oft das Böse in Form von Ungerechtigkeiten aller Art - z.B. die Frauenunterdrückung und die Ausbeutung von Schwächeren - mit Gewalt durchgesetzt oder sogar gesetzlich verankert. Wenn irgendwo jemand einen Krieg vom Zaune bricht, so handelt es sich mit hoher Wahrscheinlichkeit um eine/n Erstgeborene/n. Da von der Liebe zutiefst enttäuscht, jagen sie lebenslang vergeblich Surrogaten nach, als da z.B. sind: Macht und Einfluss, Geld und Gut, Genuss, - widmen sich aber auch oft der Rache, die in der Regel Unschuldige trifft. Leider haben alle Surrogate für Liebe die Eigenschaft, süchtig zu machen, denn psychologisch gesehen ist eine Sucht nichts anderes als die aufgrund unbewusst unablässig nachwirkender Entbehrung zwangsläufig unersättliche Gier nach einem Ersatz für das, was in prägsamer Zeit verlorenging.

Allerdings ist damit noch immer nicht geklärt, wieso der junge Goethe in Leipzig dem *Rand des Grabes* so nahegekommen ist, dass ihn fortan Tod und Selbstmord in einer Weise fasziniert haben, die man als "Todesneurose" bezeichnet hat, weil er "jede mögliche Erschütterung seines Gleichgewichts mied, Hiobspost nicht ansah, an Beerdigungen nicht teilnahm, Leidtragenden auswich [...]? Dabei kann es sich nicht um eine d i r e k t e Auswirkung des frühkindlichen Traumas gehandelt haben, denn ein Kleinkind hat noch keinerlei Vorstellung vom Tod. Es muss etwas hinzugekommen sein. Ein Ereignis, das ihn so nahe an den *Rand des Grabes* gebracht und dabei derart stark erschüttert hat, dass er fortan - in dem Bemühen, es zu verarbeiten - diesem Themenkreis in seinem Werk ungemein viel Platz eingeräumt hat.

Wenn ich mir nun hier die Frage vorlege, was das für ein Ereignis gewesen sein könnte, wird es schwierig, weil ich - mehr noch als bisher - auf Vermutungen angewiesen bin. Was in Goethes Leben die "Todesneurose" ausgelöst hat, lässt sich weder beweisen noch mit derselben psycho-logischen Schlüssigkeit deuten, wie der Einfluss seiner "Entthronung" auf Leben und Werk. Doch dürfen wir trotzdem zuversichtlich sein, weil es eine einfache und einleuchtende Lösung für dieses Problem geben muss. Wo Rauch ist - die "Todesneurose" - da ist auch Feuer, d.h. der Tod oder ein Fall von Todesnähe, durch die der junge Erwachsene in puncto Tod neurotisch wurde.

Machen wir uns dazu klar, was dem jungen Goethe in Leipzig widerfahren ist: Nach Behrischs Abreise aus Leipzig und der von Käthchen vollzogenen Trennung wa er neuerlich in schwer lastender Einsamkeit gelandet, die sich zu tiefer Trauer und langanhaltender Depression auswuchs. Ein Verlassenheitsgefühl muß ihm zu schaffen gemacht haben, wie es das junge Mädchen erlitten hat, von dem Werther in dem Brief vom 12. 8. 1771 schreibt. *Ein gutes junges Geschöpf, das in dem engen Kreise häuslicher Beschäftigungen, wöchentlicher bestimmter Arbeit so herangewachsen war [...] fühlt nun endlich innigere Bedürfnisse, die durch die Schmeicheleyen der Männer vermehrt werden [...], bis sie endlich einen Menschen antrifft, zu dem ein unbekanntes Gefühl sie unwiderstehlich hinreißt, auf den sie nun all ihre Hofnungen wirft [...]. Wiederholtes Versprechen, das ihr die Gewißheit aller Hofnungen versiegelt, kühne Liebkosungen, die ihre Begierden vermehren, umfangen ganz ihre Seele, sie schwebt in einem dumpfen Bewußtseyn, in einem Vorgefühl aller Freuden [...], wo sie endlich die Arme ausstreckt, all ihre Wünsche zu umfassen - und ihr Geliebter verläßt sie. - Erstarrt, ohne Sinne steht sie vor einem Abgrunde, und alles ist Finsterniß um sie her, keine Aussicht, kein Trost, keine Ahndung, denn der hat sie verlassen, in dem sie allein ihr Daseyn fühlte. Sie sieht nicht die weite Welt, die vor ihr liegt, nicht die Vielen, die ihr den Verlust ersezzen könnten, sie fühlt sich allein, verlassen von aller Welt, - und blind, in die Enge gepreßt von der entsezlichen Noth ihres Herzens, stürzt sie sich hinunter, um in einem rings umfangenden Tode all ihre Quaa-*

len zu ersticken. Kann man das besser schildern? Ich denke nicht. Und ich bin sicher: Wer diese Not so schildern kann, hat sie selbst erlebt!

Allerdings fehlt in der Schilderung, was durch das Verlassenheitsgefühl auch noch ausgelöst wurde: schreckliche Angst und zudem unerklärliche und letztlich unerträgliche Schmerzen, die auf einer Regression auf Kleinkindniveau beruhten, denn der junge Goethe durchlitt erneut die existenzbedrohenden Liebesverluste zur Zeit der Geburt der Schwester Cornelia und des Bruders Jakob, ohne aber natürlich begreifen zu können, wie ihm geschah. Man stelle sich vor, welche Probleme ein junger Mann bekommt, der sich plötzlich als Baby fühlt! Sicher hat er um seinen Verstand gefürchtet.

Ich denke, dass das alles zusammengenommen dazu geführt hat, dass der junge Goethe - nachdem er lange vergeblich versucht hat, mit den Trennungsfolgen klarzukommen - seinen Gürtel oder ein Seil nahm, um der Seelenpein zu entkommen, indem er sich zu erhängen versuchte. Der 'Blutsturz' war nicht Folge einer wie auch immer gearteten Krankheit, sondern das einer Wunde, die sich der junge Goethe bei dem nur knapp gescheiterter Selbstmordversuch selbst beigebracht hat. Ein Geheimnis, das Goethe lebenslang gewahrt hat.

Es gibt jedoch viele Indizien, die für die Richtigkeit meiner Annahme sprechen: Zum einen die "Todesneurose", zum anderen eine Fülle von Todesfällen und Selbsttötungen im Werk. In dem Stück "Die Laune des Verliebten" zwar noch nicht, weil es vor der Krise geschrieben wurde, doch alles andere, was Goethe vor der Übersiedlung nach Weimar geschrieben hat - "Die Mitschuldigen", "Goetz", "Die Leiden des jungen Werther", "Clavigo", "Claudine von Villa Bella", "Stella" und die Urfassung des "Egmont" - ist voll von Menschen, die durch Tod, Wankelmut und Treulosigkeit eines nahestehenden oder geliebten Menschen Liebesverlust erleiden; oft mit tödlichen Folgen; siehe die folgende Aufstellung. Auch in den 1809 veröffentlichten "Wahlverwandtschaften" habe ich deutliche Spuren gefunden, und im "Faust" fallen Gretchen und ihr Kind - wie Marie im "Clavigo" - dem inneren Konflikt des ehrgeizkranken, weil offensichtlich irgendwann von der Liebe enttäuschten Protagonisten zum Opfer.

Todesfälle	Selbstmord bzw. Selbst-
1. Götz	mordversuch(e) aus Lie-
	beskummer
2. Weislingen	1. Alcest (vermutet)
3. Adelheid	2. Werther
4. Franz	3. der junge Bursche
5. Kaiser Maximilian	4. das verzweifelte Mäd-
	chen im "Werther"
6. Clavigo	5. Erwin (nur befürchtet)
7. Marie im "Clavigo"	6. Klare (im "Egmont")
8. Stellas früh verstorbenes Kind	7. Brackenburg ("Egmont")
9. Egmont	

Hinzukommen die vielen Kriegstoten und Kriegsopfer im "Götz". Das Gemeinsame in den "Genien-Dramen", wie Prof. Emrich "Götz", "Clavigo" und "Egmont" genannt hat: Die Protagonisten sehen oder beachten die tödliche Gefahr nicht, in die sie geraten. Im "Werther" und im "Clavigo" liegen deren Ursachen vor allem in den Charakteren der Protagonisten. Im "Götz" und im "Clavigo" kommen die Machenschaften eines mehr oder weniger heimlichen Feindes hinzu. Doch im "Götz" und im "Egmont" liegt die drohende Gefahr vor allem in der politisch-historischen Situation. Die Gefahr kommt von außen. Die Charaktereigenschaften der Protagonisten spielen nur insofern eine Rolle, als sie dazu beitragen, dass die Gefahr nicht gesehen und versucht wird, sie abzuwenden. Aus dem persönlichen Schicksal des jungen, unerfahrenen, naiv-arroganten und blind verliebten Studenten wird Geschichtsdeutung.

Vor allem der Zweite Teil des "Werther" ist in diesem Zusammenhang interessant, denn er bildet die Gefühle des sich nicht nur zurückgestoßen, sondern buchstäblich vernichtet fühlenden Kleinkindes besonders eindrucksvoll und klar ab, das hilflos mitansieht, wie die über alles geliebte Mutter sich von ihm ab- und einem anderen zuwendet. Und obwohl Goethe sich gewiss nicht konkret erinnern konnte, als er den "Werther" schrieb, lässt er seinen Protagonisten die folgenden Zeilen schreiben: *Ich begreife manchmal nicht, wie sie ein anderer lieb haben kann, lieb haben darf, da ich sie so ganz allein, so innig, so voll liebe, nichts anderes kenne, noch weis, noch habe als sie.*

Ein Dichter vermag eben doch Dinge zu sagen, die er - sein "Ich" - zwar nicht, sein Unbewusstes aber sehr wohl 'weiß'.

Abschließend will ich verdeutlichen, wie anders sich vieles im Licht der Hypothese ausnimmt, Goethe habe in Leipzig einen Selbstmordversuch unternommen. In seiner "Beichte" schreibt Goethe [Hervorhebungen von mir]: [...] *die Tollheit, mit der ich meine Fehler an mir selbst rächte,* **indem ich auf mancherlei unsinnige Weise in meine physische Natur stürmte,** *um der sittlichen etwas zuleide zu tun, hat sehr viel zu den körperlichen Übeln beigetragen, unter denen ich einige der besten Jahre meines Lebens verlor;* **ja ich wäre vielleicht an diesem Verlust völlig zu Grunde gegangen,** *hätte sich nicht hier das poetische Talent mit seinen Heilkräften besonders hülfreich erwiesen.*

Klingt das nicht doch erheblich anders als zuvor, auch wenn die Verklausulierungen keine klare Schlußfolgerung zulassen? Die Wendung *indem ich auf mancherlei unsinnige Weise in meine physische Natur stürmte* mag zwar auch nur Kaltbaden, halbnacktes Schlafen, zuviel Merseburger Bier und dergleichen bedeuten, könnte aber sehr wohl als verklausulierte Andeutung auf das verstanden werden, was ich vermute.

Nachdem er begriffen hatte: *Allein es war zu spät! ich hatte sie wirklich verloren,* wird er sich eine Weile bemüht haben, ohne Käthchen zurechtzukommen, sich innerlich von ihr zu lösen, sie zu vergessen. Aber es gelang ihm nicht; konnte ihm auch gar nicht gelingen, denn sein frühkindliches Verlusttrauma war wachgerufen worden und bescherte ihm schrecklich schmerzhafte und zudem unerklärliche Empfindungen, die in der englischsprachigen Literatur 'craving' genannt werden. Der alte Goethe umschreibt sie mit den Worten: *nun fühlte ich erst, daß ich sie wirklich liebte und daß ich sie nicht entbehren könne.*

Man bedenke, daß das Versuche eines großen Dichters und klugen Erwachsenen sind, das für ihn unbegreifliche Phänomen zu beschreiben. Daher lasse man sich diese Worte auf der Zunge zergehen:

nun fühlte ich erst, [...] daß ich sie nicht entbehren könne!

Aber was konnte er tun, wenn er sie nicht zu entbehren vermochte?

Es gab nur zwei Lösungen: Versöhnung mit Käthchen oder Selbstmord. Da Versöhnung nicht zu hoffen war, blieb nur die Flucht in den Tod. Genau wie für Werther und wie für das arme, verlassene Mädchen.

Auch was ein von Eifersucht geplagter, junger Mann Werther entgegenhält, als der sich mit den Worten: *Weh denen* [...] *die sich der Gewalt bedienen, die sie über ein Herz haben, um ihm die einfachen Freuden zu rauben, die aus ihm selbst hervorkeimen* über ihn erhebt, nämlich *daß man nicht Herr über sich selbst sey, und am wenigsten über seine Empfindungen gebieten könne*, ist nicht nur ein Grundgedanke moderner Psychologie, sondern könnte ein dichterisch verbrämtes Geständnis dessen sein, was ich vermute. Zur Verschleierung des wahren Sachverhalts trägt bei, dass er diese bedeutsame Erfahrung nicht etwa Werther in den Mund legt, sondern den Abstand zu sich selbst vergrößert, indem er es einen Dritten sagen lässt, den der Leser nicht näher kennenlernt.

Anders wirkt nun auch, was Goethe in "Dichtung und Wahrheit" über seine Erkrankung schreibt. Ein Blutsturz soll der Auslöser gewesen sein. Aber wie bereits gesagt, hat man sich weder auf den Blutsturz noch auf die Geschwulst - und schon garnicht auf beide Symptome zusammengenommen - einen medizinischen Reim machen können. Die Krankheit, die den jungen Goethe in Leipzig heimgesucht hat und Anlass war, sein Studium ohne Abschluss abzubrechen und nach Frankfurt zurückzukehren, war bisher ein Rätsel, das ich glaube, gelöst zu haben.

Übrigens ist das Erhängen eine Todesart, die Goethe meines Wissens nur in dem Brief vom 21. April 1773 an Kestner, in "Die Mitschuldigen" und an einer Stelle in "Dichtung und Wahrheit" erwähnt.

Beim Erwachen aus der Betäubung nach dem glücklicherweise misslungenen Versuch war der 'spell' verflogen, der ihn die Selbstmordhandlung – wie von unbekannten Kräften verzaubert und vom normalen Ich losgelöst – hatte ausführen lassen. Daher lässt sich auch die *größere Heiterkeit des Geistes* gut mit meiner Hypothese vereinbaren, denn nach einem aus unbewussten Tiefen der Seele motivierten und nur knapp überlebten Selbstmordversuch sind die Gefühle nicht mehr akut, die ihn ausgelöst haben. Nach dem Erwachen ist einem Selbstmörder aus Liebeskummer die Tat nicht selten unverständlich. Die Affekte, die sie ausgelöst hatten, sind verpufft, zumal sie ja in der Regel garnicht wirklich die Frau betrafen, um die es nur scheinbar gegangen war, sondern um eine aus längst vergessener Vergangenheit; in Goethes Fall um die junge Mutter des sich verlassen und verraten fühlenden Kleinkindes Wolf-

gang. Nur aus schwerster Depressionskrankheit resultierende Selbst-
mordversuche, die vermutlich mit einer Störung im Dopamin- und Se-
rotonin-Haushalt zusammenhängen, werden bis zum fatalen Erfolg
wiederholt. Goethe hatte jedoch keine unheilbar schwere Depression,
sondern litt unter einem Trennungsschmerz, der weit über das erwartete,
sozusagen 'normale' - vor allem aber eben auch erträgliche - Maß hin-
ausgegangen war, weil ihm eine Regression auf Kleinkindniveau zu-
grundelag. Was genau in solchen Fällen abläuft, vermag ich leider nicht
zu sagen. Hirnphysiologen und Biochemiker werden es vielleicht irgendwann herausfinden.

Übrigens verstünde ich, wenn mir Leser/innen an dieser Stelle die
Gefolgschaft verweigern würden. Wer etwas Derartiges oder Ähnliches
nicht schon einmal erlebt hat, wird Mühe haben, es zu verstehen, zumal
nichtkriminelle Folgen frühkindlicher Erlebnisse - obwohl dem Kundi-
gen allenthalben ins Auge fallend - aus dem öffentlichen Bewusstsein
ausgeklammert bzw. verdrängt sind.

In dem, was Goethe über die Folgezeit bis zu seiner Abreise nach
Frankfurt auf vielen Seiten von "Dichtung und Wahrheit" berichtet, die
er der Zeit zwischen der Trennung von Käthchen Anfang März 1768,
dem Blutsturz im Juli und der Abreise am 28. August widmet, wird
Käthchen mit keinem Wort erwähnt. Alles dreht sich um Unterhaltungen
mit klugen, mitfühlenden Männern: *Was mich aber in dieser Zeit besonders aufrichtete, war zu sehen, wieviel vorzügliche Männer mir unverdient ihre Neigung zugewendet hatten. Unverdient, sage ich: denn
es war keiner darunter, dem ich nicht, durch widerliche Launen, be-
schwerlich gewesen wäre, keiner, den ich nicht, im Gefühl meines eignen
Unrechts, eine Zeitlang störrisch gemieden hätte. Dies alles war vergessen, sie behandelten mich aufs liebreichste und suchten mich teils
auf meinem Zimmer, teils sobald ich es verlassen konnte, zu unterhalten und zu zerstreuen. Sie fuhren mit mir aus, bewirteten mich auf ihren
Landhäusern, und ich schien mich bald zu erholen.*

Doch sollte wirklich allein eine körperliche Krankheit für die Betref-
fenden Anlass gewesen sein, sich in besonderem Maße um den jungen
Goethe zu kümmern und ihm zu verzeihen? Gemeinhin wird einem
Menschen eine solche Behandlung nur dann zuteil, wenn nicht allzu

nachtragenden Mitmenschen klargeworden ist, dass es um große seelische Not ging, nicht weil jemand einen Blutsturz erlitten und ein Geschwür am Hals hat. Rücksichtnahme und Behutsamkeit in der geschilderten Art sind untypisch für die Behandlung eines körperlich Kranken auf dem Wege zur Genesung. Dem würde man auf die Schulter klopfen und sagen: "Das wird schon! Sie sind in den richtigen Händen! Der Doktor ist ein guter, zuverlässiger Arzt! Und Sie sind jung, Sie werden sich bald erholt haben!" Stattdessen scheinen die Menschen infolge des fehlgeschlagenen Selbstmordversuchs begriffen zu haben, wie sehr der junge Mann gelitten hatte und wie sehr er der Unterstützung bedurfte. Und dafür, dass es sich um große seelische Not gehandelt hat, spricht vor allem der Umstand, dass der junge Goethe anschließend in Frankfurt anderthalb Jahre gebraucht hat, um sich zu erholen. Trotzdem ist er nie wieder der unbeschwert-fröhliche Junge geworden, der er zuvor zumindest zeitweilig gewesen war, weil die in der Kindheit erlittenen Traumata sowie deren Wiederaufleben lebenslang fortgewirkt und zur Ausbildung der "Todesneurose" geführt haben.

Nun wird auch klar, warum er die "Werther"-Handlung in die Gegend bei Wetzlar verlegt hat. Bei Nachforschungen, wie die Kestners sie ertragen mussten, würde sich sicher die Wahrheit herausgestellt haben.

Auch die Formulierungen, mit denen Goethe sich über die Personen äußert, die hinter Werthers Lotte stehen, klingen jetzt vielleicht ein wenig anders, bzw. wir können aufgrund des Vorangegangenen besser sehen, wo Goethe "dichtet" und wo er die Wahrheit gesteht: [...] *so nahm ich mir auch die Erlaubnis, an der Gestalt und den Eigenschaften mehrerer hübschen Kinder meine Lotte zu bilden, obgleich die Hauptzüge von der geliebtesten genommen waren. Das forschende Publikum konnte daher Ähnlichkeiten von verschiedenen Frauenzimmern entdecken, und den Damen war es auch nicht ganz gleichgültig, für die rechte zu gelten. Diese mehreren Lotten aber brachten mir unendliche Qual, weil jedermann, der mich nur ansah, entschieden zu wissen verlangte, wo denn die eigentliche wohnhaft sei? Dergleichen peinliche Forschungen hoffte ich in einiger Zeit loszuwerden; allein sie begleiteten mich durchs ganze Leben.*

Die Behauptung, *die Hauptzüge von der geliebtesten genommen* zu haben, passt weder zu dem, was Goethe gegenüber Eckermann über Lili

Schönemann gesagt hat, nämlich dass er nur Lili wirklich geliebt habe, noch zu den im Kapitel 5 der Studie "Die Leiden des jungen Goethe" erarbeiteten Ergebnissen, wonach vor Niederschrift des "Werther"-Romans - und wohl auch darüberhinaus - Käthchen die Geliebteste gewesen ist, was Goethe aber der Öffentlichkeit nicht preisgeben wollte. Er mag Lotte zwar sehr gern gehabt, vielleicht sogar bewundert haben, aber keinesfalls hat er sie wirklich geliebt. Da wir über das Äußere von Käthchen wenig wissen, lässt sich nicht ausmachen, was in die Figur der Lotte im "Werther" eingeflossen ist. Vielleicht sollte man dafür Lotte mit Amine in "Die Laune des Verliebten" und Sophie in "Die Mitschuldigen" vergleichen. Aber auf keinen Fall wird sich Frau Dr. Kanne an dem Wettbewerb, *für die rechte zu gelten*, beteiligt haben. Der ganze Absatz dient also nicht der Aufklärung, sondern der Verschleierung der wahren Umstände. Und ich darf auf die Äußerung von Kestner - dem Ehemann von Lotte, geb. Buff - verweisen: *Die würkliche Lotte [...] ist in Eurem Gemälde, das zu viel von ihr enthält, um nicht auf sie stark zu deuten [...]* er vollendet diesen Satz nicht, schreibt aber kurz darauf: *Lotte hat zum Beispiel weder mit Goethe, noch mit sonst einem Anderen in dem ziemlich genauen Verhältniß gestanden, wie da beschrieben ist [...].*

Doch wenn es in dem letzten Zitat aus "Dichtung und Wahrheit" heißt: [...] *wo denn die eigentliche **wohnhaft** sei?* statt - wie logisch gewesen wäre - **wer** *die eigentliche* sei? spricht Goethe unabsichtlich aus, was zu verschleiern er sich lebenslang bemüht hat, nämlich dass *die eigentliche*, die damals ja sogar noch lebte, in L e i p z i g wohnte.

Meine Annahme macht auch plausibel, warum sogar der alte Goethe im "Werther" *Brandraketen* sah, wie er gegenüber Eckermann geäußert hat. Denn obwohl er in "Dichtung und Wahrheit" etliche Arten der Selbsttötung nennt und ausführlich beschreibt, wie er gegebenenfalls den Tod durch einen Dolchstoß gewählt haben würde, spricht zumindest die während der Rekonvaleszenz in Frankfurt nur schwer heilende Geschwulst am Hals dafür, dass er es durch Erhängen versucht hat.

Schließlich erscheint auch die für Goethe wichtige Schuldproblematik in einem anderen Licht. Werthers Tod wird von Goethe als Opfer gedacht sein, mit dem er die Schuld dichterisch zu sühnen versucht hat, die er durch den Selbstmordversuch auf sich geladen zu haben glaubte.

Abschließend stelle ich fest: Alle ungeklärten Fragen, die Rolle des Todes und die Bedeutsamkeit des Themas 'Vergänglichkeit' in Goethes Leben und Werk betreffend, alles was mit der unerklärlichen, in Leipzig ausgebrochenen und erst nach anderthalb Jahren in Frankfurt ausgeheilten Krankheit zusammenhängt, die ausgeprägte Schuldproblematik sowie Goethes Verschleierungsversuche, - all das wird plausibel, wenn man von der von mir vorgeschlagenen Erklärung ausgeht.

4. Auszüge aus später an Käthchen gerichteten Briefen

Auch wenn Goethe während der Rekonvaleszenzzeit, die vom 1.9. 1768 bis zum 30.3. 1770 dauerte, nicht mehr in Leipzig war, sondern in Frankfurt, will ich hier auf die Briefe eingehen, die Goethe an Käthchen geschrieben hat, insoweit sie die Situation in Leipzig beleuchten. Über mehr als ein Jahr hat er den Kontakt zu Käthchen Schönkopf aufrechterhalten. Die innere Bindung war noch nicht gelöst. Er musste sich weiter mit ihr auseinandersetzen. Um - wie er schrieb - *dasjenige, was mich erfreute oder quälte, oder sonst beschäftigte, in ein Bild, ein Gedicht zu verwandeln und darüber mit mir selbst abzuschließen,* hat er in dieser Zeit eine erste Fassung von "Die Mitschuldigen" fertiggestellt. In dem Stück geht es manifest um die Schuld an turbulenten Ereignissen in einem Gasthaus. Doch in Wirklichkeit geht es um eine Schuld, die im Namen des 'Helden' hintersinnig angedeutet wird. Denn erst wenn man sich fragt, warum dieser *Alcest* heißt, kommt man dem eigentlichen Sinn des Stückes auf die Spur: In der griechischen Sage ist Alceste, deutsch Alkeste, anders als im "Misanthrope" von Molière, eine Frau. Und zwar die von Euripides und anderen gerühmte Ehefrau des Admetos, die aus Liebe zu ihrem Mann bereit war, an seiner Stelle - für ihn - zu sterben. Und nur göttliches Eingreifen hat sie (wie Iphigenie) gerettet. Die Tat, an der der Wirt, seine Tochter Sophie und sein Schwiegersohn Söller - bzw. die Personen, die sie repräsentieren - Mitschuld tragen, wäre dementsprechend der von Goethe/Alcest Sophie/Käthchens wegen unternommene Selbstmordversuch.

Mademoiselle,

Hr. Goethe dem bekanndt ist, daß Scheere, Messer und Pantoffeln, diejenigen Mobielien sind die am meisten bey Ihnen auszustehen haben, schikket Ihnen hiermit, eine mittelmäsige Scheere, ein gutes Messer, und Leder zu zwey Paar Pantoffeln. Sie sind alle von gutem Stoffe, dauerhafft, und mein Herr hat ihnen noch überdies die möglichste Geduld anbefohlen, doch aber glaubt ich nicht daß Klingen und Leder solange bey Ihnen aushalten werden als Er. Nehmen Sie mir's nicht übel, ich sage wie ich's dencke, drittehalbjahre das können Sie weder von einem Pantoffel noch von einem Messer, noch von - das lass ich dahin gestellt seyn - verlangen, denn grausam gehen Sie mit allem um was sich unter Ihre Herrschaft begiebt oder begeben muß. Zerreisen und zerbrechen Sie alles, biß Ostern, da steht Ihnen

neue Waare zu diensten, und erinnern Sie Sich manchmal, bey diesen Klei-
nigkeiten, daß mein Herr noch beständig wie sonst Ihnen ergeben ist. Selbst
hat er nicht an Sie schreiben wollen, um sein Gelübde, nie vor dem ersten
eines Monats Ihnen einen Brief zu schicken, nicht zu brechen. Mittlerweile,
das ist, zwischen heut und dem ersten October, empfielt er sich durch mich
ganz ergebenst, und ich nehme diese Gelegenheit, mich Ihnen gleichfalls
zu empfelen.

Michel, sonst Herzog genannt,
nach Verlust seines Herzogtums
wohlbestallter Pachter auf
des gnädigen Herren hochadeli-
chen Rittergütern.[81]

Goethe war am 1. September 1768 in Frankfurt angekommen. Noch im selben Monat schrieb er Käthchen einen Brief. Darin berichtet er nicht über den Verlauf seiner Reise oder über seine glückliche Ankunft zuhause und auch nicht über seine Krankheit. Es geht ihm nur darum, seinen Gefühlen Luft zu machen, wobei die vorherrschende Bitterkeit nicht zu überhören ist. Interessant ist, dass Goethe sich auch diesmal wieder selbst auferlegten Regeln unterwirft. So, wie er sich vornahm, seinem Freund Behrisch jeden Samstag zu schreiben, so will er auch Käthchen regelmäßig schreiben, - allerdings nur einmal im Monat, jeweils am Ersten. Der nächste Brief an Käthchen ist aber nicht vom 1. Oktober, sondern vom 1. November 1768 datiert. Doch ist Goethe nicht etwa seinem Vorsatz untreu geworden. Den am 1. Oktober geschriebenen Brief hatte er nur nicht an Käthchen adressiert, sondern an ihren Vater, Christian Gottlob Schönkopf. Im Text wendet er sich dann aber auch an Käthchen: *d 1. Octb. 1768.*

Ihr Diener Hr. Schönkopf, wie befinden Sie sich Madame, Guten Abend Mamsell, Petergen guten Abend.

NB. Sie müssen sich vorstellen, daß ich zur kleinen Stubenthüre herein-
komme. Sie Hr. Schönkopf sitzen auf dem Canapee am warmen Ofen, Ma-
dame in Ihrem Eckgen hinterm Schreibetisch, Peter liegt unterm Ofen, und
wenn Käthgen auf meinem Platze am Fenster sitzt, so mag sie nur aufstehen,
und dem Fremden Platz machen. Nun fange ich an zu discouriren [reden].

Ich bin lange Aussengeblieben, nicht wahr? fünf ganze Wochen, und drü-
ber dass ich Sie nicht gesehen, daß ich Sie nicht gesprochen habe, ein Fall

der in drittehalbjahren nicht ein einzigmal passirt ist, und hinführo leider offt passiren wird. Wie ich gelebt habe, das mögten Sie gerne wissen. Eh das kann ich Ihnen wohl erzälen, mittelmäsig sehr mittelmäsig.

APROPOS, daß ich nicht Abschied genommen habe, werden Sie mir doch vergeben haben. In der Nachbarschafft war ich, ich war schon unten an der Türe, ich sah die Laterne brennen, und ging bis an die Treppe, aber ich hatte das Herz nicht hinaufzusteigen. Zum letztenmal, wie wäre ich wieder herunter gekommen.

Ich tuhe also jetzt was ich damals hätte tuhn sollen, ich dancke Ihnen für alle Liebe und Freundschafft, die Sie mir so beständig erwiesen haben, und der ich nie vergessen werde. Ich brauche Sie nicht zu bitten Sich meiner zu erinnern, tausend Gelegenheiten werden kommen, bey denen Sie an einen Menschen gedencken müssen, der drittehalb Jahre ein Stück Ihrer Famielie ausmachte, der Ihnen wohl offt Gelegenheit zum Unwillen gab, aber doch immer ein guter Junge war, und den sie hoffentlich manchmal vermissen werden. Wenigstens ich vermisse Sie offt - Darüber will ich weggehen, denn das ist immer für mich ein trauriges Capitel. Meine Reise ging glücklich, und mittelmäsig, alles habe ich hier gesund angetroffen ausser meinen Großvater der zwar wieder an der, durch den Schlag gelähmten Seite ziemlich hergestellt ist, aber doch mit der Sprache noch nicht fortkann. Ich befinde mich so gut als ein Mensch der in Zweifel steht ob er die Lungensucht hat oder nicht, sich befinden kann; doch geht es etwas besser, ich nehme an Backen wieder zu, und da ich hier weder Mädgen noch Nahrungssorgen habe die mich plagen könnten, so hoffe ich von Tag zu Tage weiter zu kommen.

[…] Schreiben Sie mir wann Sie wollen nur noch vorm ersten November, denn da schreibe ich wieder an Sie und mehr, ich weiß doch Lieber Hr. Schönkopf daß sie nicht selbst schreiben, aber treiben Sie Käthgen ein Bißgen, daß ich bald Nachricht von euch kriege. Nicht wahr Madame das wäre unbillig wenn ich nicht wenigstens alle Monate einen Brief aus dem Hause bekäme, wo ich bißher alle Tage drinne war. Und schreibt ihr mir nicht; so tuhts nichts den ersten November schreib ich wieder. […] Käthgen, wenn Sie mir nicht schreiben so sollen Sie sehen.

fortgeschickt d 3ten Octbr. [82]

88

Die im ersten Brief spürbare Bitterkeit ist abgeklungen und wird nur noch in einer Anspielung auf dessen Inhalt angedeutet. Nunmehr ist Wehmut das vorherrschende Gefühl, Wehmut über den inzwischen realisierten Verlust, der ja nicht allein Käthchen betraf, sondern alle zur Familie Schönkopf gehörenden Personen und darüber hinaus die über sie kennengelernten Leipziger. Der nächste Brief ist entsprechend seiner Ankündigung datiert:

Franckfurt am 1. Nov. 68.

Meine geliebteste Freundin,

Noch immer so munter, noch immer so boshafft. So geschickt das gute von einer falschen Seite zu zeigen, so unbarmhertzig einen Leidenden auszulachen, einen Klagenden zu verspotten, alle diese liebenswürdige Grausamkeiten, enthält Ihr Brief; und konnte die Landsmännin der Minna anders schreiben.

Ich dancke Ihnen für eine so unerwartet schnelle Antwort, und bitte Sie auch inskünftige, in angenehmen muntern Stunden an mich zu dencken, und wenn es seyn kann an mich zu schreiben; Ihre Lebhafftigkeit, Ihre Munterkeit, Ihren Witz zu sehen, ist mir eine der grössten Freuden, er mag so leichtfertig, so bitter seyn als er will.

Was ich für eine Figur gespielt habe, das weiss ich am besten, und was meine Briefe für eine spielen, das kann ich mir vorstellen. Wenn man sich erinnert, wie's andern gegangen ist, so kann man ohne Wahrsager Geist rahten, wie's Einem gehn wird; Ich binn's zufrieden, es ist das gewöhnliche Schicksaal der Verstorbenen, dass Überbliebene und Nachkommende auf ihrem Grabe tanzen.

Was macht denn unser Principal, unser Direckteur, unser Hofmeister, unser Freund Schoenkopf?

Gedenckt er noch manchmal an seinen ersten Ackteur, der doch diese Zeit her in allen Lust und Trauerspielen, die schweeren und beschweerlichen Rollen, eines Verliebten und Betrübten, so gut, und so natürlich als möglich, vorgestellt hat. Hat sich noch niemand gefunden, der meine Stelle wieder begleiten mögte, ganz mögte sie wohl nicht wieder besetzt werden; zum Herzog Michel finden Sie eher zehen Ackteurs, als zum Don Sassafras einen einzigen. Verstehen Sie mich? [...]

Zeigen Sie diesen Brief, und wenn ich bitten darf alle meine Briefe, Ihren Eltern, und wenn Sie wollen, Ihren besten Freunden, aber niemand weiter;

Ich schreibe, wie ich geredet habe, aufrichtig, und dabey wünschte ich, dass es niemand, wer es falsch auslegen könnte zu sehen kriegte. Ich binn wie immer, unaufhörlich

> *ganz der Ihrige*   *JWGoethe.*

Hauptthema des Briefes ist der Versuch, die Kränkung zu bearbeiten, welche sich aus der Trennung für ihn ergeben hatte. Die Aussage *Was ich für eine Figur gespielt habe, das weiss ich am besten* darf man vielleicht so deuten, dass Goethe auf seine Rolle als eifersüchtiger Liebhaber anspielt, die ihn einigermaßen lächerlich hat erscheinen lassen. In Frankfurt im Krankenbett sitzend wird ihm im Rückblick klar, dass er sich lächerlich gemacht hat. Die Eifersucht, die ihn und mit der er Käthchen geplagt hatte, erscheint ihm selbst imnachhinein unangemessen, und zwar nicht, weil es keinen Anlass dafür gegeben hätte - in den folgenden Briefen wird noch deutlich werden, dass Käthchen äußerst kokett gewesen sein muss und dass es ihr an Bewunderern und Bewerbern nicht gefehlt hat - sondern weil er die Regeln des Spiels, das wir heute 'Flirt' nennen würden, verletzt und zu weitgehende Ansprüche durchzusetzen versucht hat. Und der übertriebenen Eifersucht korrespondiert das ebenso übertrieben erscheinende Gefühl von Verpflichtung: [...] *meine Hand und mein Vermögen gehört ihr, sie soll alles haben was ich ihr geben kann* [...]. *Hand* hier wohl kaum im üblichen Sinne als Ehebund, sondern vielleicht als Unterstützungsangebot gemeint. Dann kommt in der Erinnerung an die Haustheaterspiele wieder die Wehmut hoch, aber auch sein Stolz, den Don Sassafras - vermutlich eine komische und von der Syphilis peinigte Figur zwischen George Dandin, Falstaff und Bajazzo - besonders gut gegeben zu haben.

> *Franckf. am 3o. Dec. 68.*

Meine beste, ängstliche Freundinn,

Sie werden ohne Zweifel zum neuen Jahre, durch Hornen die Nachricht von meiner Genesung erhalten haben; und ich eile es zu bestättigen. Ja meine Liebe, es ist wieder vorbey, und inskünftige müssen Sie Sich beruhigen wenn es ia heissen sollte: Er liegt wieder! Sie wissen meine Constitution macht manchmal einen Fehltritt, und in acht Tagen hat sie sich wieder zurechte geholfen; diesmal war's arg, und sah noch ärger aus als es war, und war mit schröcklichen Schmerzen verbunden. Unglück ist auch gut. Ich habe viel in der Kranckheit gelernt, das ich nirgends in meinem

Leben hätte lernen können. Es ist vorbey, und ich binn wieder ganz munter,
ob ich gleich drey volle Wochen nicht aus der Stube gekommen binn, und
mich fast niemand besucht, als mein Docktor, der, Gott sey Danck, ein lie-
benswürdiger Mann ist. Ein närrisch Ding um uns Menschen, wie ich in
muntrer Gesellschaft war, war ich verdrüsslich, jetzt binn ich von aller Welt
verlassen, und binn lustig; denn selbst meine Kranckheit über, hat meine
Munterkeit meine Famielie getröstet die gar nicht in einem Zustande war,
sich, geschweige mich zu trösten. [...] Sobald ich wieder besser binn, werde
ich ausgehen in fremde Lande, und es soll nur auf Sie und noch jemand
ankommen, wie bald ich Leipzig wiedersehen soll; Inzwischen dencke ich
nach Franckreich zu gehen, und zu sehen wie sich das französche Leben
lebt, und um französch zu lernen. Da können Sie Sich vorstellen was ich
ein artiger Mensch seyn werde, wenn ich wieder zu Ihnen komme. Manch-
mal fällt mir's ein, dass es doch ein närrischer Streich wäre, wenn ich trutz
meiner schönen Projeckten vor Ostern stürbe. Da verordente ich mir einen
Grabstein, auf dem Leipziger Kirchhof, dass ihr doch wenigstens alle Jahr
am Johannes, als meinem Nahmens Tag, das Johannismänngen, und mein
Denckmal besuchen möget. Wie meynen Sie?

[...] Leben Sie wohl meine Liebe, ich binn, kranck wie Gesund
ganz der Ihrige JWGoethe.

Diesem Brief zufolge will er auch zu Hause eine komische Rolle gespielt
haben; aus der Sicht seiner Schwester war das aber keineswegs der Fall.
Und auch hier klingt eine tragische Grundstimmung durch, wenn er sich
seinen eigenen Tod ausmalt, - und das nach gerade erfolgter Genesung.

Franckfurt am 31. Jan. 1769.
Heute oder Morgen, es ist einerley wann ich schreibe, wenn Sie nur er-
fahren wie's mit mir ist. Es muss besser in Leipzig seyn als hier. [...]
Unglücklicher Horn! Er hat sich immer so viel auf seine Waden eingebil-
det, jetzt werden sie ihm zum Unglück gereichen. Lasst ihn nur lebendig weg.
Satt sehen könnt ihr euch noch an ihm, denn er ist der letzte Franckfurter in
Leipzig, der gerechnet wird, und wenn der fort, da könnt ihr warten biss ihr
wieder einen zu sehen kriegt. Doch tröstet euch, ich komme bald wieder.
Du lieber Gott, jetzt binn ich wieder lustig, mitten in den Schmerzen. Wenn
ich auch nicht so munter wäre wie wollt ich's aushalten? fast zwey Monat,
an einem fort ganz eingesperrt.

Leben Sie wohl beste Freundinn, grüssen Sie Ihre Eltern, und ihre Freundinn, und wenn Sie einmal schreiben, so berichten Sie mir wie die Glieder der ehemahligen Sonntägigen Gesellschafft jetzt unter einander stehen.
Lieben Sie mich.

kranck oder gesund
biss an den Todt
Ihr Freund Goethe

Diesmal schrieb er bereits am 31.1. statt - wie er sich vorgenommen hatte - erst am 1.2., doch kann er ohne entschuldigenden Kommentar nicht von seinem Vorsatz abweichen. Dann folgen Klagen, - zum einen darüber, dass man ihm zu selten schreibt, zum anderen über ein Rezidiv seiner Krankheit und deren Gesamtdauer, ohne diesmal näher auf die Art der Erkrankung einzugehen. Aufgrund anderer Quellen dürfen wir annehmen, dass es - möglicherweise neben anderen Leiden - eine Bronchitis gewesen ist.

Es folgt ein Bericht über die Begegnung mit einem lebenserfahrenen Hauptmann auf der Rückreise, der dem jungen Mann am Gesicht abliest, dass es Liebeskummer ist, der ihn krank macht. Ich lasse ihn hier aus.

Den nächsten Brief schrieb Goethe erst ein Vierteljahr später:

Franckf. am 1sten Juni, 1769.

Meine Freundinn,

Aus Ihrem Brief an Hornen habe ich Ihr Glück, und Ihre Freude gesehen, was ich dabey fühle, was ich für eine Freude darüber habe, das können Sie Sich vorstellen, wenn Sie Sich noch vorstellen können wie sehr ich Sie liebe. Grüssen Sie Ihren lieben Docktor, und empfelen Sie mich Seiner Freundschafft. Warum ich so lange nicht geschrieben habe, das könnte wohl strafbar seyn wenn Sie meine Briefe mit Ungedult erwartet hätten; das wusste ich aber, und drum schrieb ich nicht, es war bissher eine Zeit für Sie, da ein Brief von mir sowenig Ihrer Aufmercksamkeit werth war als die Erlanger Zeitung, und alles zusammengenommen so binn ich doch nur ein abgestandner Fisch, [...] Horn fängt an sich zu erholen, [...] er schwört dass die Buchstaben der Zärtlichkeit die seine mächtige Liebe in ihr Herz geschrieben unauslöschlich seyn. Der gute Mensch bedenckt nicht dass Mädgen Herzen nicht Marmor sind, und daß sie auch nicht Marmor seyn dürffen. Das liebenswürdigste Herz ist das welches am leichtesten liebt, aber das am leichtesten liebt vergisst auch am leichtesten. Doch er denckt daran nicht, und hat recht, es ist eine grässliche Empfindung seine Liebe sterben zu sehen. Ein unerhörter Liebhaber ist lange nicht so unglücklich als ein verlassener, der erste hat noch Hoffnung, und fürchtet wenigstens keinen Hass, der andre, ja der andre - wer einmal gefühlt hat was das ist aus einem Herzen verstossen zu werden das sein war, der mag nicht gerne daran dencken geschweige davon reden. [...]

Das Schreiben wird mir sauer, besonders an Sie. Wenn Sie es nicht aparte befehlen so kriegen Sie keinen Brief wieder vor dem October. Denn meine liebe Freundinn ob Sie mich gleich Ihren lieben Freund und manchmal Ihren besten Freund nennen, so ist doch um den besten Freund immer ein langweilig Ding. Kein Mensch mag eingemachte Bohnen solang man frische haben kann. Frische Hechte sind immer die besten, aber wenn man fürchtet dass sie gar verderben mögen, so salzt man sie ein, besonders wenn man sie verführen will. Es muss Ihnen doch komisch vorkommen wenn Sie an all die Liebhaber dencken, die sie mit Freundschafft eingesalzen haben, grose und kleine, krumme und grade, ich muß selbst lachen wenn ich dran dencke. Doch Sie müssen die Correspondenz mit mir nicht ganz abbrechen, für einen Pöckling binn ich doch immer noch artig genug.

[...]

Ich habe Ihnen immer gesagt dass mein Schicksaal von dem Ihrigen abhängt. Sie werden vielleicht bald sehn wie wahr ich geredet habe, vielleicht hören Sie bald eine Nachricht die Sie nicht vermuthen. Grüßen Sie Ihre lieben Eltern, und wer zu Ihrer Familie gehört. Empfelen Sie mich dem Obereinnehmer. Ich binn so viel als möglich

Ihr ergebenster Freund   *G.*

Dieser Brief zeigt, dass Goethe dabei war, sich innerlich von Käthchen zu lösen. Die Aussage: [...] *es ist eine grässliche Empfindung seine Liebe sterben zu sehen*, spricht es deutlich aus. Und auch wenn er in die Gratulation zur Verlobung mit einem Dr. jur. Kanne im März 1769 die Behauptung einflicht, er liebe sie noch immer, klingt es nach einer Wendung, mit der er Vergangenes vergeblich zu beschwören versucht. In dieser Hinsicht ist er n i c h t Werther. Ohne Gegenliebe verbeißt er sich nicht auf Dauer in eine für ihn unerreichbare Frau. Er hat auch die Verpflichtung aufgekündigt, ihr monatlich zu schreiben, will nach diesem im Juni geschriebenen Brief erst wieder im Oktober schreiben. Für den Abbruch der Briefverbindung ist es ihm aber denn doch noch zu früh.

Darüber hinaus vermittelt der Brief ein deutlicheres Bild von Käthchens Art als wir bisher haben, auch wenn Goethe vielleicht aus der nachwirkenden Gekränktheit heraus etwas übertreibt. Doch kann man sich aufgrund seines herrlichen Bildes gut vorstellen, wie die allseits umschwärmte, erfolgsgewohnte Wirtstochter keinen Interessenten wirklich verprellt, sondern alle bei guter Laune zu halten versucht; vermutlich nicht zuletzt deshalb, weil sie allein schon aus reiner Gewohnheit immer auch an den Umsatz der väterlichen Wirtschaft denkt. Grundlos, wie er sich immer wieder vorwirft, war seine Eifersucht jedenfalls nicht. An der Formulierung in der "Beichte", wo es heißt: *Durch unbegründete und abgeschmackte Eifersüchteleien verdarb ich mir und ihr die schönsten Tage* darf man infolgedessen bezweifeln.

Und noch ein Punkt verdient, hervorgehoben zu werden. Auch diesmal wieder, denken wir an das Klavier, dass er Behrisch überlassen hat, macht er - vielleicht um sich dem unaufhaltsamen Ende der Beziehung entgegenzustemmen - ein Geschenk. Es folgt der Satz: *Ich habe Ihnen immer gesagt dass mein Schicksaal von dem Ihrigen abhängt* [...], in dem er eine magische Verbindung zu ihr aufrechtzuerhalten versucht.

Der folgende Brief ist bereits im August geschrieben worden, und nicht erst im Oktober, wie er sich eigentlich vorgenommen hatte. Der Grund: An diesem Tag vor einem Jahr hatte er Käthchen zum letzten Mal getroffen, - zwei Tage vor seiner Abreise aus Leipzig an seinem 19. Geburtstag. Daran kann man ablesen, wie sehr er innerlich noch immer mit den Ereignissen in Leipzig beschäftigt war.

F. d. 26. Aug. 1769.

Meine liebe Freundinn,

Ich dancke Ihnen für den Anteil den Sie an meiner Gesundheit nehmen, und ich muß Ihnen zum Troste sagen, dass das letzte Gerücht von meiner Kranckheit, eben nicht so ganz gegründet war, ich befinde mich erträglich, freylich manchmal weniger als ich es wünschen mögte. Sie können Sich vorstellen dass es nichts als Indisposition war, warum ich Ihnen so lange nicht geschrieben habe, vielleicht werden bald andre Ursachen Sie abhalten mir zu schreiben. Es ist sonderbar, heut vor einem Jahr sah ich Sie zum letztenmal, es ist ein närrisches Ding um ein Jahr, was alles sein Gesicht in einem Jahr verändert; ich wette wenn ich Sie wiedersehen sollte, ich kennte Sie nicht mehr. Vor drey Jahren hätte ich geschworen es würde anders werden als es ist. Man soll für nichts schwören behaupte ich. Es war eine Zeit da ich nicht fertig werden konnte mit Ihnen zu reden, und ietzt will all mein Witz nicht hinreichen, eine Seite an Sie zu schreiben. Denn ich kann mir nichts dencken was Ihnen angenehm seyn könnte. Wenn Sie mir einmal schreiben, dass Sie glücklich sind, das wird mir angenehm seyn. Glauben Sie das? Horn lässt Sie grüssen, er ist unglücklicher als ich. Wie aber alles wunderlich ausgetheilt ist, so hilft ihm seine Narrheit sehr zur Cur von seiner Leidenschafft. Leben Sie wohl liebe Freundinn, Grüssen Sie mir die liebe Mutter und Peter. Ich binn heute unerträglich. Wenn ich in Leipzig wäre, da sässe ich bei Ihnen und machte ein Gesicht. Wie Sie sich dergleichen Specktackel noch erinnern können. Doch nein, wenn ich ietzt bey Ihnen wäre, wie vergnügt wollte ich leben. O könnte ich die dritthalb Jahre zurückrufen. Kätgen, ich schwöre es Ihnen liebes Käthgen ich wollte gescheuter seyn.

G.

Bemerkenswert ist, dass er sie hier Käthchen nennt.

In diesem Brief sind erneut Wehmut, Trauer und Reue die bestimmenden Empfindungen; offenbar bedingt durch die zwischenzeitlich erneut aufgeflammte, inzwischen aber überstandene Erkrankung. Man bedenke: Über ein Jahr Trauerarbeit im Anschluss an die Trennung von Käthchen! Und sie ist noch immer nicht abgeschlossen. Im Dezember folgt ein weiterer Brief, im Januar 1770 sogar noch einer, und erst dieser ist dann der allerletzte.

Franckfurt am 12 Dec. 1769.

Meine liebe, meine theure Freundinn,

Ein Traum hat mich diese Nacht erinnert, dass ich Ihnen eine Antwort schuldig binn. Nicht als wenn ich es so ganz vergessen hätte, nicht, als wenn ich nie an Sie dächte, nein meine Freundinn ieder Tag sagt mir was von Ihnen und von meinen Schulden. Aber es ist seltsam, und es ist eine Empfindung die Sie vielleicht auch kennen werden, die Erinnerung an Abwesende, wird durch die Zeit, nicht ausgelöscht, aber doch verdeckt. Die Zerstreuungen unsers Lebens, die Bekanntschafft mit neuen Gegenständen, kurz jede Veränderung unsers Zustandes, thun unserm Herzen das was Staub und

Rauch einem Gemählde thun, sie machen die feinen Züge ganz unkenntlich, und die starcken weniger sichtbar, und das so unmercklich, dass man nicht weiss wie es zu geht. Tausend Dinge erinnern mich an Sie, ich sehe tausendmal Ihr Bild, aber so schwach, und offt mit so wenig Empfindung, als wenn ich an iemand fremdes gedächte, es fällt mir oft ein, dass ich Ihnen eine Antwort schuldig binn, ohne dass ich den geringsten Zug empfinde Ihnen zu schreiben. Wenn ich nun Ihren gütigen Brief lese, der schon etliche Monate alt ist, und Ihre Freundschafft sehe, und Ihre Sorge für einen Unwürdigen da erschröcke ich vor mir selbst, und empfinde erst, was für eine traurige Veränderung in meinem Herzen vorgegangen seyn muss, dass ich ohne Freude dabey seyn kann, was mich sonst in den Himmel gehoben haben würde. Verzeihen Sie mir das! Kann man einem Unglücklichen verdencken dass er sich nicht freuen kann. Mein Elend hat mich auch gegen das Gute stumpf gemacht, was mir noch übrig bleibt. Mein Körper ist wieder hergestellt, aber meine Seele ist noch nicht geheilt, ich binn in einer stillen unthätigen Ruhe, aber das heisst nicht glücklich seyn. Und in dieser Gelassenheit, ist meine Einbildungskrafft so stille, dass ich mir auch keine Vorstellung von dem machen kann was mir sonst das liebste war. Nur im Traum erscheint mir manchmal mein Herz wie es ist, nur ein Traum vermag mir die süssen Bilder zurückzurufen, so zurückzurufen dass meine Empfindung lebendig wird, ich habe es Ihnen schon gesagt, diesen Brief sind Sie einem Traume schuldig. Ich habe Sie gesehen, ich war bey Ihnen, wie es war, das ist zu sonderbaar als dass ich es Ihnen erzählen möchte. Alles mit einem Wort, Sie waren verheurahtet. Sollte das wahr seyn? Ich nahm Ihren lieben Brief, und es stimmt mit der Zeit überein, wenn es wahr ist, o so möge das der Anfang Ihres Glückes seyn.

Wenn ich uneigennützig darüber dencke, wie freut das mich, Sie, meine beste Freundinn, Sie, noch vor jeder Andern, die Sie beneidete, die Sich mehr dünckte als Sie, in den Armen eines liebenswürdigen Gatten zu wissen, Sie vergnügt zu wissen, und befreyt von jeder Unbequemlichkeit, der ein lediger Stand, und besonders Ihr lediger Stand ausgesetzt war. Ich dancke meinem Traum dass er mir Ihr Glück recht lebhafft geschildert hat, und das Glück Ihres Gatten, und seine Belohnung dafür dass er Sie glücklich gemacht hat. Erhalten Sie mir seine Freundschafft, dadurch dass Sie meine Freundinn bleiben, denn auch biss auf die Freunde müssen Sie jetzt alles gemein haben. *Wenn ich meinem Traum glauben darf, so sehen wir einander wieder, aber ich hoffe noch sobald nicht, und was an mir liegt will ich seine Erfüllung hinauszuschieben suchen. Wenn anders ein Mensch etwas wider das Schicksaal unternehmen kann. Ehmals schrieb ich Ihnen etwas räthselhafft, von dem was mit mit werden würde, ietzt lässt sich's deutlicher sagen, ich werde den Ort meines Aufenthalts verändern, und weiter von Ihnen wegrücken. Nichts soll mich mehr an Leipzig erinnern, als ein ungestümmer Traum, kein Freund der daher kömmt, kein Brief. Und doch mercke ich, dass mich es nichts helfen wird: Geduld, Zeit und Entfernung, werden das thun was sonst nichts zu thun vermag, sie werden ieden unangenehmen Eindruck auslöschen, und unserer Freundschafft, mit dem Vergnügen, das Leben wiedergeben, dass wir uns nach einer Reihe von Jahren, mit ganz andern Augen, aber mit eben dem Herzen wiedersehen werden. Biss dahin leben Sie wohl. Doch nicht ganz biss dahin. Binnen Einem viertel Jahre, sollen Sie noch einen Brief von mir haben, der Ihnen den Ort meiner Bestimmung, die Zeit meiner Abreise melden wird, und Ihnen das zum Überdruss noch einmal sagen kann was ich Ihnen schon tausendmal gesagt habe. Ich bitte Sie mir nicht mehr zu antworten, lassen Sie mir's durch meinen Freund sagen, wenn Sie noch was an mich haben sollten. Es ist das eine traurige Bitte, meine beste, meine Einzige von Ihrem ganzen Geschlechte, die ich nicht Freundin nennen mag, denn das ist ein nicht bedeudtender Tittul gegen das was ich fühle. Ich mag Ihre Hand nicht mehr sehen, so wenig als ich Ihre Stimme hören mögte, es ist mir leid genug dass meine Träume so geschäfftig sind. Sie sollen noch einen Brief haben; das will ich heilig halten, und von meinen Schulden will ich einen Theil abtragen, den andern müssen Sie mir noch nachsehen. Dencken Sie, wir kämen ja aus aller Konnexion wenn ich diesen letzten Punckt noch richtig machte. Das grosse Buch das Sie verlangen sollen Sie haben. Es freut mich dass Sie dieses von mir verlangt haben, es ist das herrlichste Geschenck das ich Ihnen geben könnte, ein Geschenck das mein Andencken am längsten, und am würdigsten bey Ihnen erhalten wird. Kein Hochzeitgedicht kann ich Ihnen schicken, ich habe etliche für Sie gemacht, aber entweder, druckten Sie meine Empfindungen zu viel oder zu wenig aus. Und wie konnten Sie von mir zu einem freudigen Feste ein würdiges Lied begehren. Seit - ia seit langer Zeit, sind meine Lieder so verdrüsslich, so übel gestellt als mein Kopf, wie Sie an den* meisten sehen können, die schon gedruckt sind, und an den übrigen auch sehen werden, wenn sie gedruckt werden sollten.

Hagedornen und einige andere Bücher werde ich Ihnen ehstens schicken, möchten Sie ein Gefallen an diesem liebenswürdigen Dichter finden wie er es verdient. Uebrigens empfelen Sie mich Ihrer lieben Mutter, dem nunmehr nicht mehr kleinen Bruder, der ohne Zweifel ein starcker Musickus geworden seyn wird. Grüßen Sie mir alle lieben Freunde, und erneuern Sie mein Andencken, einigermassen um Sich her.

Leben Sie wohl, geliebteste Freundinn, nehmen Sie diesen Brief, mit Liebe und Gütigkeit auf; mein Herz musste doch noch einmal reden, zu einer Zeit, wo ich nur durch einen Traum von der Begebenheit benachrichtigt war, die mir es hätte verbieten können. Leben Sie tausendmal wohl, und denken Sie manchmal an die zärtlichste Ergebenheit

Ihres Goethe

Franckf. d. 23. Jan 1770.

Meine liebe Freundinn,

Wahrhafftig es war mein ganzer Ernst da ich meinen letzten Brief schriebe, keine Feder wieder anzusetzen, Ihnen zu schreiben; Aber, es war sonst auch oft mein ganzer Ernst, etwas nicht zu thun, und Käthgen konnte mich es thun machen wie es ihr beliebte, und wenn die Frau Docktorinn eben die Gabe behält, nach ihrem Köpfgen die Leute zu gouvernieren, so werd ich auch wohl an Mad. Kanne schreiben müssen, und wenn ich es auch tausendmal mehr verschworen hätte, als ich es gethan habe. Wenn ich mich recht erinnere so war mein letzter Brief einigermassen in einer traurigen Gestalt, dieser geht schon wieder aus einem noch munterern Tone, weil Sie mir biss auf Ostern Aufschub gegeben haben. Ich wollte Sie wären kopuliert und Gott weiss was noch mehr, Aber im Grunde schiert mich's doch, das können Sie sich vorstellen.

Ich weiss nicht ob Sie die Bücher von mir bekommen haben. Es war nicht zeit sie einbinden zu lassen. Und das kleine französche lassen Sie sich rekommandirt seyn. Sie haben eine Uebersetzung davon, und ich weiss doch dass sie ein bissgen Französch lernen.

Dass ich ruhig lebe, das ist alles was ich Ihnen von mir sagen kann, und frisch und gesund, und fleisig, denn ich habe kein Mädgen im Kopfe. Horn *und ich sind noch immer gute Freunde, aber wie es in der Welt geht, er hat seine Gedancken, und seine Gänge, und ich habe meine Gedancken und meine Gänge, und da vergeht eine Woche und wir sehen uns kaum einmal.*

Aber alles wohl betrachtet, Franckfurt binn ich nun endlich satt, und zu Ende des Merzens geh ich von hier weg. Zu Ihnen darf ich nun noch nicht kommen das merck ich; denn wenn ich Ostern käme so wären Sie vielleicht noch nicht verheurahtet. Und Käthgen Schönkopf mag ich nicht mehr sehen; wenn ich sie nicht anders sehen soll, als so. Zu Ende Merzens geh ich also nach Strasburg, wenn Ihnen daran was gelegen ist, wie ich glaube. Wollen Sie mir auch nach Strasburg schreiben? Sie werden mir eben keinen Possen thun. Denn Käthgen Schönkopf - nun ich weiss ia am besten, dass ein Brief von Ihnen mir so lieb ist als sonst eine Hand.

Sie sind ewig das liebenswürdige Mädgen, und, werden auch die Liebenswürdige Frau seyn. Und ich, ich werde Goethe bleiben. Sie wissen was das heisst. Wenn ich meinen Nahmen nenne, nenne ich mich ganz, und Sie wissen, dass ich, so lang als ich Sie kenne, nur als ein Theil von Ihnen gelebt habe.

Ehe ich von hier weg gehe, sollen Sie das restirende Buch bekommen; und einen Fächer und ein Halstuch bleibe ich Ihnen schuldig biss ich aus Franckreich zurückkomme.

In Straßburg werde ich bleiben, und da wird sich meine Adresse verändern wie die Ihrige, es wird auf beyde etwas vom Doctor *kommen.*
[...]
Wenn ich Ihnen den Fächer und das Halstuch selbst brächte, und noch sagen könnte Mdlle *Schönkopf oder Käthchen Schönkopf wie sich's nun heissen würde. Eh nun da wär ich auch Docktor und zwar ein französcher Docktor. Und am Ende wäre doch Fr. Docktor C. und Fr. Docktor G. ein herzlich kleiner Unterschied.*

Inzwischen leben Sie schöne wohl und grüssen Sie mir Vater Schönckopf und die liebe Mutter und Freund Petern.
[...]
Die Trauben sind sauer sagte der Fuchs. Es könnte wohl noch gar am Ende eine Ehe geben, und das wär ein Specktackel, aber ich wüsste doch noch eine Ehe, die ein noch grösserer Specktackel wäre. Und doch ist sie nicht unmöglich, nur unwahrscheinlich.

Wir haben uns hier schön eingericht. Wir haben ein ganzes Haus, und wenn meine Schwester heurahtet, so muss sie fort, ich leide keinen Schwager, und wenn ich heurahte so theilen wir das Haus, ich und meine Eltern, und ich kriege 10 Zimmer alle schön und wohl meublirt im Franckf. Gusto.

Nun Käthgen, es sieht doch aus als wenn Sie mich nicht mögten, freyen Sie mir eine von Ihren Freundinnen, die Ihnen am ähnlichsten ist. Denn was soll das herumfahren. In zwey Jahren binn ich wieder da. Und hernach. Ich habe ein Haus, ich habe Geld. Herz was begehrst du? Eine Frau!

Adieu liebe Freundin. Heut war ich einmal lustig, und habe schlecht geschrieben. Adieu meine beste.

Auch in diesem Brief deuten einige Stellen darauf hin, dass Goethe aus lauter Verzweiflung so weit gegangen zu sein scheint, Käthchen einen Heiratsantrag zu machen, den sie aber abgelehnt hat. Denn was hätte z.B. der folgende Satz sonst für einen Sinn? *Und am Ende wäre doch Fr. Docktor C. und Fr. Docktor G. ein herzlich kleiner Unterschied.* Aber alles bleibt zu vage als dass sich die Sache entscheiden ließe.[...]

Damit endet auch die briefliche Beziehung des jungen Goethe zu seiner ersten großen Liebe, Käthchen Schönkopf.

7. Schluss

Auch die Rekonvaleszenzphase des jungen Goethe nähert sich ihrem Ende. In "Dichtung und Wahrheit" wird sie nur sehr kurz behandelt. Käthchen taucht dort überhaupt nicht mehr auf, und auch die an sie geschriebenen Briefe werden nicht erwähnt. Aber erst rund zwei Monate nach dem letzten Käthchenbrief entschwand Goethe nach Straßburg. Goethe und Käthchen sollen sich zwar irgendwann noch einmal in Leipzig wiedergetroffen haben, was zeigen könnte, dass das Band, das sein *Schicksaal mit Ihrem* verknüpfte, auch später nicht zerrissen ist, aber ich denke, dass ich auch ohne genauere Untersuchung dieses Sachverhalts meine These ausreichend untermauert habe, die besagt, Käthchen Schönkopf sei in Goethes Leben diejenige Liebe gewesen, von der er in "Dichtung und Wahrheit" schreibt: *Die erste Liebe, sagt man mit Recht, sei die einzige: denn in der zweiten und durch die Zweite geht schon der höchste Sinn der Liebe verloren. Der Begriff des Ewigen und Unendlichen, der sie eigentlich hebt und trägt, ist zerstört, sie erscheint vergänglich wie alles Wiederkehrende.* Dieser Satz steht im Zusammenhang mit Erläuterungen zur Vorgeschichte des "Werther"-Romans, der - von Äußerlichkeiten abgesehen - auf den Erlebnissen in Leipzig beruht.

Die erste Liebe ist tatsächlich insofern etwas Besonderes, als die beteiligten Gefühlsschemata sich noch weitgehend in dem Zustand befinden, in den sie durch die Erfahrungen der frühen Kindheit versetzt wurden. Jeder, der schon einmal ernsthaft verliebt war, weiß, was Goethe mit dem "Ewigen und Unendlichen", das die Liebe eigentlich tragen soll, gemeint hat: Den sicherlich naiven Glauben des zum ersten Mal von Liebe Erfüllten, dies sei ein unzerstörbares Gefühl, das ihn ewig mit diesem anderen Menschen verbinden werde; 'ewig' mindestens in dem Sinne, dass er sich ein Ende nicht vorzustellen vermag. Wenn die Verbindung dann aber doch zerbricht, ist sein naiver Glaube für immer dahin. Bei jeder neuen Beziehung besteht von Anfang an ein gewisses Misstrauen und die unterschwellige Bereitschaft, auch diese Beziehung irgendwann zu beenden.

Wer sich dafür interessiert, wie sich die Erlebnisse in Leipzig über das hier Erwähnte hinaus auf Goethes Frühwerk ausgewirkt haben, den muss ich auf mein Buch "Die Leiden des jungen Goethe - Charakter und Werk" verweisen, wo alle hier angeführten Zitate mit Quellenangaben versehen sind, die ich in diesem Buch weggelassen habe, weil es weniger eine Studie als ein Roman sein soll; - eine Art von Briefroman, nicht unähnlich dem "Werther".